프
랑
켄
슈
타
인

일러두기

- 이 책은 Mary Wollstonecraft (Godwin) Shelley, 『*Frankenstein or The Modern Prometheus*』 (Project Gutenberg, 2008)를 참고했습니다.

Frankenstein

# 프랑켄슈타인

**메리 셸리** 지음

살림

**메리 셸리**

아일랜드 화가 리처드 로스웰의 1840년 작품.

「폴리건 The Polygon」

영국 판화가 조지프 스웨인의 1850년 작품. 메리 셸리가 태어나 어린 시절을 보낸 런던 소머스 타운의 주택단지 폴리건(왼쪽)을 묘사했다. 어릴 적 이름은 메리 울스턴크래프트 고드윈으로, 페미니즘 철학자·교육자·작가인 어머니 메리 울스턴크래프트의 둘째 아이로 태어났다. 아버지 윌리엄 고드윈은 철학자·소설가·저널리스트였다. 생후 11일 만에 어머니가 죽는 바람에 아버지 밑에서 자랐다. 아버지는 이후 재혼했는데, 메리는 새엄마를 무척 싫어했다. 아버지 윌리엄 고드윈은 출판사를 차려 어린이책과 문구류, 지도, 게임 등을 팔았으나 사업에 실패해 빚에 시달렸다. 메리는 비록 정규 교육은 못 받았지만, 당시 여자아이들에 비해서는 훨씬 나은 교육을 받았다. 아버지 고드윈은 많은 분야의 지식을 폭넓게 가르쳤으며, 교육 견학도 데려갔다. 메리는 매일 여자 가정교사에게 배웠고, 아버지 서가의 책들과 아버지 출판사에서 나온 그리스·로마 역사에 관한 많은 책들을 읽었다. 또 시인 새뮤얼 콜리지, 전 미국 부통령 애런 버 등, 아버지를 찾아오는 많은 지식인을 만났다.

「퍼시 비시 셸리 초상 Portrait of Percy Bysshe Shelley」

아일랜드 화가 어멜리어 커랜의 1819년 작품. 1812년 메리는 철학자로 자라기를 바라는 아버지의 뜻에 따라 스코틀랜드에 있는 급진주의자 윌리엄 백스터의 집으로 보내졌다. 그곳에 머무는 동안 그녀는 급진주의 시인이자 철학자인 퍼시 비시 셸리를 만나 사랑에 빠졌다. 그녀가 16세, 퍼시가 22세 무렵이었는데, 퍼시는 이미 결혼한 몸이었다. 사랑을 확인한 두 사람은 메리의 이복자매 클레어 클레몽과 함께 프랑스를 거쳐 스위스, 네덜란드로 여행을 떠났다. 영국으로 돌아온 두 사람은 주위의 따가운 시선과 경제난 속에서 어려운 생활을 하다가, 1816년 퍼시의 부인이 죽자 정식으로 결혼했다. 1818년 이탈리아로 떠난 부부는 그곳에 정착하려 했지만, 1922년 퍼시가 배를 타고 가던 중 폭풍을 만나 난파해 사망하자, 이후 메리는 다시 영국으로 돌아와 홀로 아들을 키우며 작가로 살아갔다.

## 1831년 개정판 『프랑켄슈타인』

1831년 개정판 『프랑켄슈타인』에 실린 영국 화가 시어도어 홀스트의 권두 삽화. 이 판본은 최초의 대중
판으로 이때 메리 셸리는 1818년 출간한 초판본을 대대적으로 손보고, 일부 내용은 덜 급진적으로 바꾸
어 한 권짜리로 출간했다. 1818년 여름 메리와 퍼시는 그들의 아들과 클레어 클레몽과 함께 스위스 제네
바로 여행을 떠나 집을 빌려 한동안 머물렀다. 그때 마찬가지로 그곳에 집을 얻어 머물던 시인 바이런 경
과 그의 젊은 주치의 존 폴리도리를 만나 함께 어울렸다(메리의 이복자매인 클레어는 훗날 바이런 경의
아이를 낳는다). 하루는 바이런 경이 각자 무서운 괴담을 써보자는 제안을 했고, 한동안 고심하던 메리는
생명의 탄생을 다루는 과학자 이야기를 쓰기로 마음먹었는데 이것이 『프랑켄슈타인』이 탄생한 계기였다.
한편 폴리도리는 모든 흡혈귀 소설의 원조 격인 『뱀파이어(*The Vampyre*)』를 쓰게 된다. 『프랑켄슈타인』
은 1817년 봄 완성되어, 1818년 초 익명으로 세 권짜리 500부가 출간되었다. 이어서 1822년 본명을 밝
힌 두 권짜리 제2판이 출간되었다.

프랑켄슈타인 **차례**

제가 요구했습니까. 오, 창조주여, 저를 진흙에서 인간으
로 빚어달라고?
제가 간청했습니까. 저를 어둠에서 끌어올려 이곳에 놓
아달라고?

_존 밀턴,『실낙원』, 10쪽

# 첫 번째 편지

영국의 새빌 부인에게

상트페테르부르크, 17××년 12월 11일

어제 이곳에 도착했습니다. 제가 우선적으로 드릴 말씀은, 제가 잘 지내고 있으며 제가 계획하고 있는 일이 성공하리라는 확신이 점점 커진다는 것을 사랑하는 누님께 전하는 일이겠지요. 저는 이제 런던에서 아주 멀리 와 있습니다. 상트페테르부르크 거리를 걷노라면 상쾌한 북풍이 뺨을 스치며 저를 즐겁게 해주고 제 꿈을 더 불타오르게 합니다.

누님, 이곳에는 해가 지지 않습니다. 나침반 바늘을 끌어

당기는 경이로운 힘도 느낄 수 있고 하늘의 수많은 별들을 가깝게 관측할 수도 있지요. 또한 이곳에서는 위험이나 죽음 따위는 두려워하지 않게 됩니다. 마치 어린아이가 친구들과 함께 작은 배를 타고 강을 탐험할 때처럼, 즐거운 마음으로 여정을 계속할 수 있게 해줍니다.

이곳에서 제 마음은 열정으로 달아올라, 마치 천국에라도 오르는 기분입니다. 이번 탐험은 제가 어릴 때부터 꿈꾸어오던 것이지요. 누님, 토마스 숙부님이 가지고 계시던 여행에 관한 책들에 제가 밤낮으로 푹 빠져 있던 게 기억나시는지요?

이 원정을 결심한 것이 벌써 6년 전입니다. 이 위대한 계획에 몸을 던지기로 결심했던 순간이 생생하게 떠오르는군요. 저는 힘든 일을 이겨낼 수 있도록 신체 단련부터 시작했지요. 북해로 떠나는 고래잡이배를 타고 자발적으로 추위, 배고픔, 갈증, 수면 부족을 견디는 훈련을 했습니다.

사랑하는 마거릿 누님, 저도 이제 무언가 위대한 일을 할 수 있는 자격이 생긴 게 아닐까요? 저는 안락함과 사치 속에서 제 삶을 흘려보낼 수도 있었겠지요. 하지만 저는 영광을 택했습니다. 이제 길고도 어려운 여행을 떠나야 합니다. 큰 위험들을 맞게 될 것이고 불굴의 용기가 필요할 것입니다. 선원들의 용기도 부추겨야 하고 모두 낙담할 때도 홀로 의기를 세워야 하겠지요.

러시아에서는 지금이 여행 최적기입니다. 여기 사람들은 썰매를 타고 눈 위를 휙휙 날아다닌답니다. 제가 보기에는 영국에서 마차를 탈 때보다 훨씬 기분이 좋은 것 같아요. 모피를 둘러쓰고 있으면 추위도 견딜 만하고 저도 이미 적응이 되었습니다.

2~3주 후면 아르한겔스크로 출발할 예정입니다. 그곳에서 배를 한 척 빌려 고래잡이에 익숙한 선원들을 가능한 한 많이 고용할 예정이고요. 아마 6월이 돼야 항해를 할 수 있을 겁니다.

언제 돌아갈 거냐고요? 아, 사랑하는 누님, 그 질문에 어떻게 대답할 수 있겠습니까? 제가 탐험에 성공한다 해도 몇 달, 아니면 몇 년 후에나 누님을 뵐 수 있을 것 같습니다. 제가 실패한다면 누님을 곧 뵙게 되거나 아니면 영영 못 뵙게 되겠지요.

사랑하는 누님, 안녕히 계십시오. 하느님이 누님을 축복해주시길!

사랑하는 동생

R. 월턴

# 두 번째 편지

영국의 새빌 부인에게
아르한겔스크, 17××년 3월 28일

이렇게 얼음과 눈에 둘러싸여 있으니 시간이 얼마나 천천히 가는지 모르겠어요. 저는 배를 한 척 빌렸고 지금은 열심히 선원들을 모집하고 있습니다. 뭐니 뭐니 해도 용기가 있는 사람들이라야 하겠지요.

저는 열의에 들떠 있지만 내 기쁨을 함께 나눌 사람, 내가 실망했을 때 나를 격려해줄 사람이 곁에 없는 게 아쉽긴 해요. 누님, 제가 좀 낭만적이지요? 하지만 정말 친구가 필요하답니다. 저와 취향이 같은 교양 있는 친구가 옆에 있으면서 제가 세운 계획을 인정해주거나 수정해줄 수 있다면 얼마나 좋을까요? 저는 스물여덟 살이 되었는데도 실제로는 웬만한 열댓 살짜리 소년보다 아는 게 별로 없답니다. 열네 살까지 여행에 관한 책 외에는 읽은 게 없으니 당연한 일이지요. 내 생각과 꿈은 원대하지만 분별력은 별로 없어요.

하긴 쓸데없는 불평이지요. 이 망망대해에서, 이곳 아르한겔스크의 뱃사람과 장사꾼들 사이에서 그런 친구를 어떻게 찾을 수 있겠어요? 누님, 제가 좀 불평한다고 해서 제 결심이 흔들릴까 하는 생각은 마세요. 제 결심은 확고하답니다.

겨울 날씨는 정말 끔찍할 정도로 혹독했어요. 하지만 예년보다 봄이 일찍 찾아온 거라고 하더군요. 날씨도 좋을 거라고 하고요. 생각보다 이르게 탐험에 나서게 될지도 모르겠어요. 하지만 무슨 일이 있어도 경솔하게 서두르지는 않을 겁니다. 저 혼자만의 문제가 아니라 다른 사람들의 안전도 달려 있는 문제이니까요.

출발 준비를 하려니 반쯤은 즐겁고 반쯤은 두렵네요. 저는 전인미답의 지역인 안개와 눈의 땅으로 떠납니다. 하지만 누님, 걱정하지 마세요. 제가 신중한 사람이라는 건 누님이 잘 아시잖아요.

제게 기회 있을 때마다 편지를 주세요. 혹 제가 의기소침해 있으면(그럴 일은 없을 거예요!) 누님 편지가 제게 힘을 줄 거예요.

누님, 진심으로 사랑합니다. 제 소식을 듣지 못하더라도 변함없는 애정으로 저를 기억해주세요.

사랑하는 동생,
로버트 월턴

# 세 번째 편지

영국의 새빌 부인에게

17××년 7월 7일

사랑하는 누님,

건강하게 잘 지내고 있고 탐험이 순조롭게 진행되고 있
다는 것을 알려드리기 위해 급히 몇 줄 전합니다.

저는 앞날을 낙관하고 있어요. 선원들은 용감무쌍합니다.
유빙(流氷)들이 끊임없이 곁을 지나가며 우리를 위협하면
서 우리가 얼마나 위험한 곳으로 가고 있는지를 알려주
고 있지만 그 누구도 용기가 꺾이지 않았어요.

우리는 벌써 상당히 높은 위도에 도달했어요. 하지만 편

지에 특별히 적을 만한 일은 없었습니다. 돛대가 한두 번 부러진 일이야 뱃사람들은 금방 잊어버리는 일이잖아요. 더 나쁜 일만 일어나지 않는다면 아주 만족스러운 항해입니다.

사랑하는 누님, 안녕히 계세요. 제 걱정은 마시고요. 냉정하고 신중하게 행동할 거니까요. 제 마음은 흔들리지 않는답니다. 그 누구도 제 결심을 막을 수는 없을 거예요. 그곳 제 친구들 모두에게 안부를 전해주세요.

진심으로 누님을 사랑하는 동생

R. W.

# 네 번째 편지

영국의 새빌 부인에게

17××년 8월 5일


너무 이상한 사건이 일어나서 누님께 편지를 보내지 않을 수 없네요. 물론 이 편지가 누님 손에 도착하기 전에 저를 먼저 보시게 될 확률이 매우 높지만 말입니다.

지난 월요일(7월 31일)에 우리 배는 온통 얼음에 둘러 싸여 있었습니다. 짙은 안개까지 끼어 있어서 상당히 위험한 상황이었어요. 우리는 날씨가 변하기만 기다리고 있었습니다.

2시경에 안개가 걷히자 사면으로 펼쳐진 광활한 빙원(氷

原)만이 눈에 들어왔습니다. 선원들 입에서 한숨이 새어 나왔고 저 역시 불안해하고 있었지요. 그때였어요. 괴이한 모습이 우리의 눈길을 끌었습니다. 반 마일 정도 앞쪽에서 개가 끄는 썰매 수레가 북쪽을 향하여 달리고 있었던 거예요. 덩치가 거인처럼 큰 누군가가 썰매에 앉아서 개들을 몰고 있더군요. 우리는 수레가 저 설원을 지나 사라질 때까지 망원경으로 지켜보았습니다.

그 모습을 보고 우리는 놀라움과 흥분에 휩싸였습니다. 우리는 육지로부터 족히 수백 마일은 떨어져 있다고 생각하고 있었어요. 그런데 생각보다 육지가 가까울 수 있다는 생각이 든 거지요. 하지만 우리는 얼음 사이에 갇혀서 꼼짝할 수도 없었어요.

두 시간 정도 지나자 얼음이 녹는 소리가 들렸습니다. 그리고 밤이 되기 전에 얼음이 갈라지고 배는 겨우 자유롭게 되었습니다. 하지만 배가 얼음에 부딪칠까 걱정되어 아침까지 그대로 있었어요.

아침이 되자 갑판으로 나간 선원들이 배 한쪽에 모여 누군가와 이야기를 하고 있더군요. 우리가 보았던 것과 비슷한 썰매가 얼음 조각을 타고 표류해온 모양이었습니다. 썰매에는 겨우 목숨을 건진 개 한 마리와 사람 한 명이 타고 있었습니다. 지난번 본 자는 야만인 같았는데 이 사람은 유럽인이었습니다. 제가 나타나자 선장이 나를 가리키며 그에게 말했습니다.

"우리 대장님입니다. 어서 배 위로 올라오시오. 그러다 얼어 죽겠습니다. 우리 대장님이 당신을 도와주실 것입니다."

그러자 그 낯선 사나이가 외국 억양이 섞인 영어로 또박또박 내게 말했습니다.

"제가 배에 오르기 전에 어디로 향하는 배인지 알려주실 수 있겠습니까?"

나는 우리 배는 북극점을 향하고 있다고 대답했습니다. 그러자 그는 만족한 듯 배에 올랐습니다.

그런데 마거릿 누님! 그를 직접 보셨다면 정말 놀라셨을 겁니다. 도대체 자신의 안위는 전혀 생각하지 않는 사람 같았어요. 사지는 다 얼어버리다시피 했고 완전히 피골이 상접해 있었습니다. 제 평생 그렇게 참혹한 몰골은 본 적이 없었을 거예요.

갑판 위에 오르자 그는 그대로 기절해버렸습니다. 브랜디로 몸을 마사지하고 억지로 조금씩 삼키게 하자 그는 겨우 정신을 차렸습니다. 우리는 그를 담요로 싸서 난로 근처로 데리고 갔습니다. 그는 수프를 조금 먹더니 원기를 어느 정도 되찾았습니다.

이틀 정도 지나자 그는 간신히 말을 할 수 있게 되었습니다. 항해사가 그에게 그렇게 야릇한 물건을 타고 여기까지 오게 된 연유가 뭐냐고 물었습니다. 그러자 그는 어두운 표정을 지으며 대답했습니다.

"제게서 도망친 자를 잡으려는 겁니다."

옆에 있던 제가 그에게 물었습니다.

"당신이 쫓고 있던 그 사람도 비슷한 썰매를 타고 있었나요?"

"맞습니다."

"그렇다면 그 사람을 본 것 같습니다. 당신을 구해주기 전날, 개들이 끄는 썰매 한 대가 얼음 위를 지나가는 걸 보았습니다."

이 말에 그는 바짝 촉각을 곤두세우더니 그 악마—그가 그렇게 부르더군요—가 사라진 방향을 물었습니다. 그러더니 그 썰매가 다시 나타나는지 보기 위해 갑판에 올라가 망을 보겠다고 하더군요. 하지만 그의 체력을 염려해서 저는 선원들에게 망을 보고 썰매가 나타나면 알려달라고 지시했습니다.

이상입니다. 낯선 이는 건강을 되찾았지만 침묵을 지켰습니다. 저는 깊은 슬픔에 잠겨 있는 그의 모습을 보고 연민의 정을 느꼈습니다. 게다가 그는 호감이 가는 아주 온화한 성격의 인물이었습니다. 저는 그 사람을 형제처럼 좋아하기 시작했습니다. 폐인이 된 지금 이 모습으로도 그토록 매력적이고 사랑스러운 것으로 보아, 한창 시절에는 대단히 고결한 사람이었을 겁니다.

가끔 시간이 날 때마다 이 낯선 사람에 대한 이야기를 일지 형식으로 써서 보내드리겠습니다. 뭔가 새로운 일이 일어나면 말입니다.

17××년 8월 13일

나의 손님은 참으로 현명하며 학식이 풍부합니다. 말할 때마다 한 단어, 한 단어를 섬세하게 고르고 언변이 아주 유창합니다. 몸도 많이 회복되어 자주 갑판에 올라와 사방을 살피곤 합니다. 일전에 앞서 가던 썰매를 찾는 것이겠지요.

그는 불행한 가운데도 남들 일에 관심을 갖고 애정을 보입니다. 그는 내 계획에 대해 많은 것을 물어보았습니다. 그의 질문에 저는 허심탄회하게 다 털어놓았습니다. 나는 그에게, 내 계획의 완수를 위해서라면 모든 재산과 목숨까지도 희생할 각오가 되어 있다고 말했습니다. 새로운 것을 알고자 하는 욕망은 죽음도 막을 수 없을 것이라고 말했습니다.

내가 그런 말을 하는 동안 그의 얼굴이 흐려지는 것 같았습니다. 그는 두 손을 눈으로 가져갔습니다. 눈물이 손가락 사이로 흐르더군요. 나는 입을 다물었습니다. 그러자 그가 외쳤습니다.

"오, 불행한 분이시여! 우리는 똑같은 광기에 사로잡혀 있군요. 당신도 나처럼 그 음료를 마셨군요. 우리를 열광에 들뜨게 하는 그 마법의 음료를! 오, 제발 제 이야기대로 하세요! 제발 그 잔을 당신 입술로부터 멀리하세요."

누님, 그의 말을 듣고 제가 얼마나 호기심이 일었는지 말씀 안 드려도 아시겠지요? 하지만 그가 다시 평온을 되찾는 데 몇 시간이나 걸리는 바람에 쉽게 제 호기심을 채울 수는 없었습니다. 이윽고 그가 말했습니다.

"우리는 불완전한 존재이지요. 우리보다 훨씬 현명한 친구가 우리의 결점과 나약함을 고쳐주지 않는 한 그렇게 머물 수밖에 없지요. 제게는 그 누구보다 고상한 친구가 있었습니다. 정말로 진정한 우정을 나누었지요. 아아, 하지만 지금은 모든 것을 다 잃었습니다."

그의 깊은 슬픔이 내게 전해졌습니다.

17××년 8월 19일

어제 그가 이런 말을 했습니다.

"월턴 대장님, 제가 더할 나위 없이 큰 불행을 겪었다는 것은 아시겠지요? 큰 죄악을 저지른 것이기도 합니다. 저는 이 불행을 영영 제 마음속에 묻어버리려고 결심했었습니다. 하지만 대장님을 보고 나니 제 생각이 바뀌었습니다. 대장님은 제가 전에 그랬듯이 세상을 다 알기를 원하십니다. 대장님의 그 욕구가 저처럼 대장님께 독이 되지 않기를 저는 바랍니다. 불행한 제 이야기가 대장님께 도움이 될지는 모르겠습니다. 하지만 이 믿을 수 없는 이야기에 귀를 기울여주십시오. 자연의 힘을 모르는 자들이라면 비웃으며 넘겨버릴 수도 있는 이야기지요."

그의 제안에 제가 얼마나 혹했는지 아시겠지요? 그가 자신의 불행을 되새기다가 다시 고통에 빠지지나 않을까 걱정되었지만 그의 이야기가 정말 듣고 싶었습니다. 한편으로는 호기심에서였고, 한편으로는 그와 슬픔을 함께 나누어 그의 슬픔을 덜어주고 싶어서였습니다. 저는 그에게 제 심정을 말했습니다. 그러자 그가 대답했지요.

"그토록 제게 마음을 써주시니 정말 감사합니다. 하지만 지금 이 순간 제가 바라는 건 오직 한 가지뿐입니다. 그것만 이루면 편히 잠들 수 있습니다. 제 이야기를 들어보십시오, 그러면 제 운명이 얼마나 돌이킬 수 없는 것인지 아시게 될 겁니다."

그는 다음 날부터 자기 이야기를 시작하겠다고 말했습니다. 저는 낮에 들은 그의 이야기를 가능한 한 그가 한 말 그대로 밤마다 기록하기로 결심했습니다. 이 원고는 누님께 비길 데 없는 즐거움을 선사할 것입니다. 하물며 모든 이야기를 직접 그의 입을 통해 들은 내가 훗날 이 글을 다시 읽게 된다면 그 얼마나 흥미진진할 것이며 그 얼마나 깊은 공감을 느끼게 될까요.

# 제1장

　나는 제네바 최고 명문가 출신이다. 나의 아버지는 공직을 수행하면서 헌신적으로 일을 하셔서 많은 칭송을 받았고 좋은 평판을 얻었다. 아버지는 너무 일에 열심인 나머지 일찍 결혼할 수 없었다. 그래서 삶의 전성기가 다 지나서야 결혼을 했고 가정을 갖게 되었다. 하지만 아버지의 결혼은 평범하지 않았다. 그 상황이 아버지의 인물 됨됨이를 잘 보여주기에 이야기를 안 하고 넘어갈 수 없다.

　아버지 친구 중에 보포르라는 분이 있었다. 그는 상인으로서 대단한 부와 명성을 누렸던 분인데, 우여곡절 끝에 모든 것을 잃고 비참하게 가난해졌다. 자존심이 강하고 융통성이 없었던 보포르 씨는 몸을 숨기기로 작정했다. 한때 위세를 떨치며 살던 곳의 사람들에게 비참한 자기 모습을 보이고 싶지 않았기 때문이다. 그는 어디론가 잠적해버렸다. 그와 깊은 우정을 나누고 있던 나의 아버지는 친구를 찾아내어 그가 다시 재기할 수 있도록 돕기로 결심했다.

아버지는 그를 찾아 나섰다. 하지만 너무 용의주도하게 신분을 감추었기에 그가 사는 곳을 찾는 데 무려 열 달이나 걸렸다. 하지만 아버지가 그를 찾았을 때 그는 이미 이 세상 사람이 아니었다.

보포르 씨는 몸을 숨긴 곳에서 일자리를 얻으려 했다. 하지만 일자리를 찾지 못하고 세월만 흘러가자 그만 앓아눕고 말았던 것이다. 아버지가 앓아누워 있는 동안 그의 딸 카롤린 보포르는 더할 나위 없이 극진하게 아버지를 간호했다. 하지만 생계가 막막했다. 카롤린 보포르는 의지도 강했고 용기도 있는 처녀였다. 그녀는 험한 일도 마다하지 않고 돈을 벌어 간신히 생계를 유지했다.

하지만 보포르 씨의 병세는 나날이 악화되어갔다. 결국 열 달 정도 앓던 그는 세상을 떠났다. 그의 딸 카롤린 보포르가 아버지의 관 옆에 무릎을 꿇고 앉아 서럽게 울고 있던 바로 그 순간, 아버지가 방에 들어섰다. 모든 것이 막막하기만 했던 불쌍

제1장

한 처녀에게 아버지는 구세주나 마찬가지였다.

친구의 장례를 치른 후 아버지는 처녀를 제네바로 데려갔다. 그리고 2년 후 카롤린은 아버지의 아내가 되었다. 나이차가 많았지만 덕분에 서로 더 사랑하게 되었고 서로에게 헌신적이었다. 가정을 갖게 된 아버지는 공직에서 물러나 자식 교육에 헌신했다. 나는 맏아들로서 아버지의 모든 일과 재산을 물려받을 후계자였다. 부모님은 세상에서 둘도 없이 다정한 분이셨다.

나는 이탈리아 나폴리에서 태어났다. 결혼 후 어머니 건강이 좋지 않아지자 아버지는 어머니의 건강을 위해 이탈리아로 이사해서 한동안 지냈던 것이다. 그리고 내게는 꽤 오랫동안 동생이 없었다.

내가 다섯 살이 되었을 때다. 우리 가족은 코마 호숫가에서 1주일을 보낸 적이 있었다. 어머니는 자주 불쌍한 사람들을 방문해서 도움을 주곤 하셨다. 자신이 어렵게 지내던 시절을 생각해서였다. 어느 날 부모님은 산책을 하다가 다 쓰러져가는 오두막을 발견했다. 무슨 도움이라도 주려고 그 집 안으로 들어가니 가난한 농부 부부가 다섯 명의 아이들에게 형편없는 음식을 먹이고 있었다.

그런데 그중 한 명의 어린아이가 눈에 띄었다. 다른 아이들과는 달리 눈도 초롱초롱했으며 금발이었다. 어머니의 눈길이 자주 그 애를 향하자 농부가 그 애는 자기네 자식이 아니라, 어느 이탈리아 귀족이 죽어가면서 자기네에게 맡긴 것이라고 했다. 그는 조국의 독립을 위해 싸우다 죽은 것이었고 아내는 그 아이를 낳다가 죽었다고 했다. 당시 그 농부는 살림 형편이 지금보다는 좋았다고 했다. 그 애는 가시덤불 속 장미처럼 그 집에서 자라고 있었다. 부모님은 부부에게 후하게 사례한 후 그 애를 집으로 데려와 함께 살게 되었다. 그 애의 이름은 엘리자베스였고 나와 동갑이었다. 그 애는 나를 사촌이라고 불렀고 그 이상으로 가깝게 지냈다.

엘리자베스는 어릴 때부터 아름답고 심성이 고와서 어머니는 그녀를 장래 내 신붓감으로 정했다. 이때부터 엘리자베스는 내 소꿉친구가 되었고 나이가 들어서는 벗이 되었다. 그녀는 착한 성격에 쾌활하고 장난기도 많았다. 상상력도 풍부했으며 남달리 다정다감했다. 그녀의 외모에는 그녀의 정신이 그대로 드러나 있었다. 갈색 눈은 새처럼 초롱초롱하면서 부드러웠다. 몸매는 날렵하고 호리호리했다. 그 어떤 힘든 일도 이겨낼 강한 정신력과 체력을 지니고 있으면서도 세상에서 가장 연약한 존재처럼 보였다.

우리 둘의 성격에는 큰 차이가 있었다. 하지만 그 차이 덕분에 우리는 조화를 이룰 수 있었다. 나는 차분하고 사색적이었다. 또한 근면하고 지구력이 있었다. 나는 현실과 관련된 일을 탐구하는 게 즐거웠다. 반면에 그녀는 좀 몽상적이었다. 그녀는 시인들의 신기루를 좇느라 바빴다. 내게 세상은 내가 알아내고 싶은 비밀을 간직하고 있는 곳이었다. 하지만 그녀에게 세상은 텅 빈 여백이었다. 그녀는 자기만의 상상력으로 그 여백을 채우고 싶어 했다.

나보다 더 행복한 유년시절을 보낸 사람은 없을 것이다. 부모님은 너그러웠고 벗들은 사랑스러웠다. 부모님은 우리에게 공부를 강요해본 적이 없었다. 하지만 우리 눈앞에는 언제나 우리 스스로 정한 목표가 있었다. 엘리자베스는 우리 어머니를 친어머니처럼 모셨다. 그녀는 어머니를 기쁘게 해드리고 싶어 그림을 그렸고, 우리는 라틴어와 영어로 쓰인 책들을 읽기 위해 라틴어와 영어를 배웠다. 다른 아이들에게는 공부가 힘든 노동이었을지 몰라도 우리에게는 즐거움이었다. 그래서 우리는 모든 걸 빨리 배울 수 있었으며 한번 배운 것을 기억 속에 오래 간직할 수 있었다.

내 동생 에르네스트와 윌리엄은 나보다 한참 어려서 한데 어울리지는 못했다. 에르네스트는 나보다 여섯 살이 아래였고 윌리엄은 아직 어린아이였다. 그 대신 나는 친구들과 잘 어울렸다. 그중 빼놓을 수 없는 친구가 바로 앙리 클레르발이다. 아버지와 친한 제네바 상인의 아들인 앙리는 특출한 재주와 상상력을 지닌 소년이었다. 그는 아홉 살 나이에 동화를 써서 주위 사람들을 놀라게 할 정도로 재주가 있었다.

그와 나는 거의 가족처럼 지냈다. 우리는 등하교를 함께 했고 오후 시간은 거의 우리 집에서 함께 지냈다. 외동아들이라서 집에서 함께 놀 친구가 없었기에 그의 부친은 그가 우리 집에서 우리와 어울리는 것을 좋아했다. 우리도 클레르발이 있어야 비로소 온전히 행복할 수 있었다. 그는 내 친구이며 동시에 가족이기도 했다.

나이가 조금 들자 나는 자연철학에 매료되었다. 우연히 그렇게 된 것이었다.

내 나이 열세 살이었을 때 우리 가족은 토농 근처의 온천으로 여행을 떠났다. 그런데 날씨가 나빠 하루 꼬박 여관에서 발이 묶이게 되었다. 그 집에서 나는 의사이며 연금술사인 『코르넬리우스 아그리파 전집』을 우연히 발견했다. 그는 신비주의 철학자이기도 했다. 나는 무심코 책장을 넘겼다. 하지만 나는 곧 열광했다. 내 정신에 새로운 빛이 비치는 것 같았다.

집에 돌아온 나는 만사 제치고 그의 전작에 몰두했고 이어서 신비주의 철학자이며 연금술사이기도 한 파라셀수스, 알베르투스 마그누스의 책들을 찾아 읽었다. 마치 나만의 보물을 발견한 것 같았다.

18세기 계몽과 과학의 시대에 연금술의 대가 알베르투스 마그누스의 신봉자가 되었다는 게 아주 이상한 일일 수도 있다. 하지만 우리 가문은 과학과는 거리가 멀어서 그 방면에 무지했으며, 나도 제네바 학교에서는 과학에 대한 강의를 들은 적이 없었다. 덕분에 나는 마음껏 마그누스가 초대하는 꿈의 세계에 빠질 수 있었다. 나는 그가 말한 화금석(化金石)과 불사의 묘약을 향한 탐색을 시작했다. 인간의 육신에서 질병을 추방하고 무엇보다 죽음으로부터 인간을 영원히 해방시킬 수 있다면 얼마나 상상하기 어려운 큰 영예를 얻게 될 것인가! 나는 그 저자들이 권하는 일을 성취하기 위해 열과 성을 다 했다. 실패하더라도 내가 미숙해서라고 믿었지, 연금술사들의 진실성을 조금도 의심하지 않았다. 하지만 열다섯 살 때 겪은 사건 하나가 내 생각을 바꾸어버렸다.

그때 우리는 벨리브 근처에 살고 있었다. 어느 날 무시무시한 폭풍우가 몰려왔다. 하늘에서는 천둥이 끔찍한 소리를 내고 있었다. 폭풍우가 부는 동안 나는 문간에 서서, 호기심에 가득 찬 채 폭풍우를 관찰하고 있었다. 그때였다. 우리 집에서 약 20미터 거리에 있는 참나무 한 그루가 벼락을 맞았다. 참나무에서 갑자기 불길이 치솟아 오르더니 순식간에 참나무는 등걸만 남기고 다 타버렸다. 다음 날 가까이 가서 보니 나무들은 산산조각 난 것이 아니라 얇은 조각으로 쪼그라들어 있었다. 나는 당시 전기에 대해 아무것도 몰랐다. 나는 그 현상을 보고 너무나 놀랐다. 그때 다행인지 우리 집에 전기에 대해 잘 아는 학자가 한 명 머물고 있었다. 그는 내게 전기 에너지에 대해 설명을 해주었다. 그건 내게 새로운 것이었고 놀라운 것이었다.

그때부터 내 관심사가 완전히 바뀌었다. 나는 수학과 과학에 흥미를 갖기 시작했다. 연금술에 매혹당한 결과 인간을 죽음에서 해방시킬 수 있다면 얼마나 대단한 일인가 하는 꿈을 마음속에 지닌 채, 과학과 수학으로 무장하게 된 것이다.

그때 내가 목격한 그 불길은 아마 나의 수호천사가 마지막으로 내게 찾아와, 앞으로 내가 마주하게 될 내 운명에 대해 미리 경고한 것이리라. 하지만 소용없었다. 나의 가혹한 운명은 이미 내 앞에 폐허가 되어버린 내 삶을 미리 마련해놓고 있었다.

# 제2장

내가 열일곱 살이 되자 부모님은 나를 독일의 잉골슈타트 대학에 유학을 보내셨다. 모국이 아닌 다른 나라의 관습을 익히는 것이 필요하다고 생각하신 것이다. 그런데 출국을 앞두고 내 인생 최초의 불행이 닥치고 말았다. 내가 앞으로 겪게 될 내 비참한 운명을 예고하는 불길한 징조였다.

엘리자베스가 성홍열에 걸렸다. 그런데 엘리자베스를 간호하시던 어머니가 그 병에 전염되셔서 돌아가시고 말았다. 어머니는 엘리자베스를 구하시고 대신 희생하신 것이다. 임종을 앞두고 어머니는 엘리자베스와 나의 손을 붙잡고 말씀하셨다.

"내 아이들아, 너희 두 사람이 굳게 맺어지기를 바란단다. 그러는 것이 네 아버지에게도 위안이 될 거야. 사랑하는 엘리자베스야, 이제 네가 나를 대신해 동생들을 돌봐줘야 하겠구나. 너희를 믿고 나는 편히 눈을 감을 수 있겠구나. 우리는 틀림없이 다른 세상에서 만나게 될 거야."

어머니는 조용히 눈을 감으셨다. 돌아가시는 순간까지도 어머니의 얼굴에는 애정이 깃들어 있었다. 매일 볼 수 있었던 분, 마치 우리 자신의 일부 같았던 분을 영원히 떠나보냈다는 사실, 사랑하는 그 눈의 밝은 빛이 영원히 사라졌고, 그토록 친숙하던 목소리를 영영 들을 수 없게 되었다는 사실을 납득하기까지는 참으로 오랜 시간이 걸렸다.

잉골슈타트로의 출발이 며칠 늦춰졌다. 엘리자베스는 우리 가정에 명랑한 기운을 불어넣기 위해 노력했다. 그리고 매사에 빈틈없이 자신의 역할을 충실히 수행했다. 그녀는 아버님을 비롯해 모든 가족들을 행복하게 해줄 의무가 자신에게 있다고 생각했다. 그녀는 나를 위로해주고 아버님을 즐겁게 해드렸으며 내 동생들을 돌보고 가르쳤다. 다른 이들의 행복을 위해 애쓰느라 정작 자기 자신은 까맣게 잊고 있는 그녀가 내게는 그 어느 때보다 더 매혹적으로 보였다.

마침내 출국일이 다가왔다. 나는 앙리 클레르발과 출국 전날 밤을 함께 지냈다. 그는 아버지 일을 도와 훌륭한 상인이 될 생각을 갖고 있었다. 하지만 동시에 교양과 학식을 겸비한 사람이 되고 싶은 욕심을 포기하지는 않을 것이라고 내게 말했다. 우리는 늦게까지 이런저런 이야기를 나누며 서로에게 공감했고 우정을 확인했다.

나는 유학을 간다는 들뜬 기분보다는 우울한 기분에 젖어 이륜마차에 몸을 실었다. 항상 사랑스러운 사람들 틈에서 행복하게 지내던 내가 이제 완전히 혼자가 되어야만 한다는 생각에 조금은 겁이 나기도 했다. 대학에 간다면 스스로 알아서 친구들을 사귀어야 했고 스스로 자신을 돌보아야 했다.

길을 가는 내내 내게는 걱정이 떠나지 않았다.

'친숙하고 반가운 얼굴들 사이에서만 지내던 내가, 낯선 사람들과 잘 지낼 수 있을까? 나는 그런 생활에 어울리지 않는 사람이 아닐까?'

하지만 나는 지식욕이 매우 강한 사람이었다. 언제까지나 우물 안 개구리로 있을 수는 없지 않은가, 라고 생각하며 나는 스스로를 다잡고 위안을 얻었다.

여행은 길고 피곤했다. 마침내 잉골슈타트 도시의 첨탑이 눈에 들어왔다. 나는 마차에서 내려 내가 지낼 아파트로 안내를 받았다. 저녁 시간 내내 혼자 이런저런 생각에 사로잡혀 거의 잠을 이루지 못했다.

다음 날 아침 나는 소개장을 손에 들고 교수 몇 명을 찾아 인사를 드렸다. 그중에서도 자연철학 교수인 크렘페 교수를 만나면서 은근히 기대가 컸다. 내가 자연철학에 관심이 있었기 때문이다. 그는 그다지 상냥한 사람이 아니었고 자기 학문에 자부심이 대단했다. 그는 자연철학에 대해 내게 몇 가지 질문을 던졌다. 나는 내가 읽은 연금술 저자들의 이름을 늘어놓았다. 그가 놀란 눈으로 나를 바라보더니 말했다.

"자네 정말로 천금 같은 시간을 그런 헛소리들을 연구하는 데 써버렸단 말인가? 그런 망상들은 수천 년 케케묵은 것이고 아무 쓸모없다는 이야기를 아무도 안 해줬단 말인가? 이런 과학의 시대에 마그누스와 파라셀수스의 제자를 만나게 될 줄은 몰랐네. 이보게, 아무래도 공부를 완전히 새로 시작해야 하겠네."

말을 마친 후 그는 권장도서 목록을 내게 적어주었다. 그리고 다음 주 초부터 자연철학의 기본 원리에 대한 강의를 시작할 것이며 자신이 강의를 하지 않는 날은 동료 교수인 발트만이 화학 강의를 할 것이라고 말했다.

나는 집으로 돌아왔다. 나는 그의 말에 그다지 실망하지 않았다. 나도 내가 즐겨 읽던 그 저술들이 별 소용이 없다고 오래 전부터 생각해왔기 때문이었다. 하지만 그가 권한 책들도 그다지 마음이 내키지 않았다. 크렘페의 땅딸한 체격과 혐오스러운 얼굴 때문에 그의 연구 분야까지 호감이 생기지 않았다. 게다가 내게는 '현대 자연철학이 뭐 그리 대단할까?' 하며 깔보는 마음이 있었다.

과거 과학 분야 대가들은 그 꿈이 장대했다. 그들은 불멸을 꿈꾸었고 전능을 꿈꾸었다. 현실적으로는 무익할지 몰라도 꿈만은 위대했다. 하지만 오늘날 과학계는 변했다. 모든 연구자들이 나를 매혹했던 그 꿈을 무너뜨리는 데 전념하고 있는 것 같았다. 거대한 꿈을 버리고 보잘것없는 현실을 받아들이라고 요구하는 셈이었다.

다음 주 초가 되어 강의실에 들어가자 발트만이 들어왔다. 그날은 크렘페의 강의가 없는 날이었다. 발트만은 동료교수와 닮은 점이 전혀 없었다. 나이는 오십쯤 되어 보였고 자애로운 인상이었다. 단신이었지만 놀랄 정도로 체구가 반듯했다. 목소리는 정말로 상냥했다. 그는 현대 과학에 대해 개략적으로 소개한 후 많은 기초용어들을 설명해주었다. 그는 몇 가지 예비 실험을 마친 후 현대 화학에 대한 예찬으로 강의를 맺었다. 그가 마지막으로 한 말들을 나는 영원히 잊을 수 없을 것이다.

"고대 스승들은 불가능한 것을 약속했지만 아무것도 실현하지 못했어요. 현대의 대가들은 거의 약속을 하지 않지요. 금속의 형질을 바꾸는 것은 불가능하며 불사의 묘약은 환상이라는 것을 잘 알고 있기 때문이지요. 하지만 두 손으로 진흙이나 만지작거리는 것 같은 이 현대의 철학자, 과학자들이야 말로 기적을 일구는 사람들입니다. 그들은 자연의 감추어진 면을 꿰뚫어요. 그들은 저 창공으로 비상하기도 하며, 혈액이 어떻게 순환하는지, 우리가 숨 쉬는 공기의 본질이 무엇인가를 발견해 냅니다. 그들은 새로운 힘을 손에 넣었어요. 천둥을 조종하고 지진을 만들어내며 보이지 않는 세계를 비웃지요."

나는 그날 저녁 발트만 교수를 찾아갔다. 사석에서 보니 그는 더 부드럽고 매혹적이었다. 보잘것없는 내 이야기에 주의 깊게 귀를 기울였고 아그리파와 파라셀수스의 이름이 나오자 미소를 지었다. 하지만 그 미소에는 크렘페 교수가 보여주던 경멸이 들어 있지 않았다. 그는 내게 이런 말을 해주었다.

"현대 철학자들은 바로 그들의 지칠 줄 모르는 열정에 많은 것을 빚지고 있다네. 어려운 것들은 그들이 해결하고 우리에게는 상대적으로 쉬운 작업만 남겨준 셈이야. 우리는 그들이 해놓은 업적에 새로운 이름을 붙여주고 분류하는 일을 할 뿐이야."

나는 그의 강의 덕분에 현대 화학자들에 대해 내가 품고 있던 편견이 사라졌으며 고대 화학자들, 즉 연금술사들에 대해서도 새로운 생각을 갖게 되었다고 말했다. 나는 읽어야 할 책에 대해 그의 조언을 청했다. 그러자 그가 말했다.

"좋은 제자를 얻게 되어 기쁘군. 자네는 재주가 많아. 그러니 노력만 한다면 반드시 성공할 거야. 화학은 자연철학 중에서도 발전할 가능성이 많은 분야지. 하지만 진정한 과학자가 되려면 화학 외에 다른 공부도 게을리 해서는 안 돼. 수학을 비롯한 자연철학 모든 분야를 두루 공부하라고 권하고 싶네."

그러더니 나를 실험실로 데려가서 그가 사용하는 다양한 기구들의 사용법을 설명해주고 내가 익숙해지면 자기 기구들을 빌려주겠다고 약속했다. 나는 인사를 하고 물러나왔다. 그 하루는 내 미래의 운명을 결정지은 하루였다.

# 제3장

이날부터 나는 자연철학, 특히 화학에 완전히 빠져들었다. 책을 탐독하고 강의에 참석하고 과학자들과 인맥을 쌓았다. 특히 발트만에게서는 진정한 애정을 느꼈다. 그의 가르침은 늘 솔직했고 선의를 담고 있었다. 애초에 자연철학 분야에 내 마음이 끌렸던 것은 어쩌면 과학 자체를 사랑해서라기보다는 그의 상냥한 성격 덕분이었는지도 모르겠다.

그러나 연구에 완전히 몰입하게 되면서 점점 과학 자체의 매력에 빠져들어갔다. 의무와 결단으로 시작했던 공부가 자발적인 열의와 열정으로 바뀌면서 나는 연구와 실험에 푹 빠져버렸다. 실험실에서 연구에 몰두하다보면 어느새 아침 햇살에 별들이 모습을 감추곤 한 적이 한두 번이 아니었다.

그토록 공들여 연구했으니 급속도의 발전이 있었던 것은 당연하다. 발트만 교수는 발전하는 내 모습을 지켜보며 진심으로 기뻐했다. 2년이 끝나갈 무렵 나는 화학 도구들의 기능과 성능을 개선하는 몇 가지 발견을 내 손으로 할 수 있었다. 그로 인해 대학가에서 내 명성이 꽤 높아질 수 있었다. 이때쯤 나는 잉골슈타트의 교수들이 가르칠 수 있는 이론과 실제의 지식을 모두 습득한 셈이었다. 나는 더 이상 이곳에 머물 필요가 없다고 생각하고 고향으로 돌아가기로 결심했다. 하지만 예기치 못했던 사건, 아니, 차라리 발견이라고 하는 것이 나을 만한 일이 벌어져 고향 길은 멀어질 수밖에 없었다.

　그때 특별히 내 관심을 끌었던 주제는 인간의 신체, 아니 솔직히 말한다면 생명을 부여받은 모든 동물들의 신체 구조였다. 나는 스스로에게 묻곤 했다. 생명의 원리는 어디에서 오는 걸까? 질문을 던지자 이런 목소리들이 들려오는 듯했다.

　'도대체 어찌 그런 질문을! 무슨 그런 대담한 질문을! 그건 하느님의 영원한 신비가 아닌가!'

　하지만 나는 곧 자문했다.

　'우리의 연구에 제동이 걸렸던 것은 바로 이런 종류의 두려움에 발목이 잡혔기 때문이 아니던가?'

나는 스스로를 독려하며 생리학을 공부했다. 해부학도 익혔지만 그것만으로는 충분하지 않았다. 인간 신체에서 일어나는 자연적인 부패 현상도 관찰해야 했다. 나는 며칠 밤낮을 납골당이나 시체 안치소에서 보내야 했다. 나는 인간의 훌륭한 육신이 어떻게 훼손되고 마멸되는지 보았다. 삶에서 죽음으로 죽음에서 삶으로 변화하는 과정에서 벌어지는 모든 현상들을 공들여 탐구하고 분석했다. 그러다가 마침내 어둠 한가운데서 홀연 한줄기 빛이 비추었다. 그 빛이 너무 경이로우면서도 너무 단순해서 어지러울 지경이었다. 아아, 내가 드디어 이 비밀을 발견하게 되다니!

제발 잊지 말아달라. 내가 지금 이야기하고 있는 것은 광인의 망상이 아니다. 내가 지금 단언하는 사건은 저 하늘에 태양이 빛나고 있는 것만큼이나 명백한 사실이다. 무슨 기적이었는지는 모르지만 나의 발견에는 명백한 논리적 단계가 있었고 필연성이 있었다. 밤낮으로 지독한 중노동과 피로에 시달리며 연구에 몰입해 있던 나는 드디어 개체 발생과 생명의 원인을 찾아낸 것이다. 아니다. 더 정확히 말하자. 나는 생명의 원인을 찾아낸 게 아니라, 무생물에 생명을 불어넣는 능력을 갖게 된 것이다.

제3장

**47**

그 발견을 한 후 처음에 나는 스스로도 경악했다. 하지만 차츰차츰 쾌감과 황홀경에 빠져들었다. 천지창조 이래 수많은 최고의 현인들이 소망했던 바를 내가 손에 넣었다. 월턴 대장, 그대의 눈길을 보니 내가 알게 된 비밀을 알고 싶어 하는 기색이 역력하다. 하지만 절대로 알려줄 수 없다. 내 이야기를 끝까지 듣게 되면 그 이유를 알게 될 것이다. 나를 거울삼아 깨닫도록 하라. 지식을 얻는다는 게 얼마나 위험한지를! 본성이 허락하는 한계를 넘는 위대함을 꿈꾸는 자보다, 자신의 고향을 이 세상 전부로 알고 사는 자가 얼마나 행복한가를!

경이로운 힘을 얻게 되었다는 것을 알게 된 나는 그 힘을 어떻게 써야 할지 아주 오랫동안 망설이고 고민했다. 생명을 불어넣는 힘은 갖게 되었지만 그 생명을 받아들일 신체를 준비하는 일은 상상을 초월할 정도로 어렵고 힘든 작업이었다. 복잡하게 얽힌 정교한 근육과 혈관을 갖추는 일은 절대로 쉬운 일이 아니었다.

하지만 인간처럼 복잡하고 신비로운 동물의 생명을 창조해낼 수 있다는 내 능력을 의심해본 적은 없었다. 당장 내가 동원 가능한 자재들로 그런 힘든 작업을 수행하는 것이 힘들어 보였지만 궁극적으로 성공할 것이라는 믿음을 잃은 적은 없었다. 계획이 아무리 장대하고 복잡하다 하더라도 그것이 곧 실행이 불가능하다는 뜻일 수는 없었다.

바로 그런 마음으로 나는 대학 꼭대기에 있는 은밀한 방을 아예 내 숙소로 정하고 인간 창조에 착수했다. 그런데 부속이 워낙 미세하다보니 부속을 모으기도 힘들었고 작업에 속도가 나지 않았다. 그래서 처음 생각과는 달리 거대한 몸집을 가진 생명체를 창조하기로 마음먹었다. 그 편이 작업에 훨씬 수월했다. 그러다보니 키가 대략 2.5미터가량 되고 몸집도 그에 걸맞게 커질 수밖에 없었다. 결심을 한 후 자재를 모으고 정리하는 데 몇 달을 보낸 후 나는 드디어 작업을 시작했다.

내게 어떤 감정의 물결들이 태풍처럼 몰려왔는지 그 누구도 상상할 수 없으리라. 나는 삶과 죽음의 경계를 넘어서는 최초의 존재가 되는 셈이다! 이 어두운 세상에 빛줄기를 급류처럼 흘러내리게 하리라! 내 손에 의해 창조된 새로운 피조물이 나를 축복하게 되리라! 행복하고 선한 종족들이 나 덕분에 탄생하게 되리라! 이 세상 그 어떤 아버지도 그 자식들에게서 이보다 더한 감사를 받지는 못하리라!

이런 생각들에 고무되어 나는 열정적으로 내 작업을 수행해

나갔다. 내 뺨은 창백해졌고 몸도 쇠약해졌다. 물론 수많은 시행착오가 있었다. 하지만 나는 내 온 존재를 다 바쳐 희망을 불태웠다. 무덤의 습지를 미친 듯 돌아다닐 때, 또한 멀쩡하게 살아 있는 동물을 잡아서 해부하고 고문하던 때의 내 공포를 그 누가 짐작이나 할 수 있을 것인가? 그때를 생각하면 지금도 사지가 덜덜 떨린다. 하지만 나는 저항할 수 없는 광기에 휩싸여 오로지 앞으로, 앞으로 전진했다. 나는 영혼도 감각도 모두 잃어버린 채 오로지 이 연구를 위해서만 존재하는 것 같았다.

나는 시체 안치소에서 유골을 수집했고 나의 속된 손으로 생명의 비밀을 더럽혔다. 건물 꼭대기의 내 작업실은 더러운 창조의 장소였다. 그곳은 차라리 감옥의 독방 같았다. 가끔 본능적 혐오감에 작업을 등질 때도 있었지만 부풀어가는 열망으로 정진한 끝에 거의 마무리 단계까지 이를 수 있었다.

여름이 흘러갔다. 하지만 나는 내 힘든 작업에 내 몸과 영혼을 온통 바치고 있어 풍성한 여름의 수확도 전혀 눈에 들어오지 않았다. 그리고 나는 까마득히 먼 곳에 있는 친구들과 가족들도 까맣게 잊고 있었다. 나의 오랜 침묵에 그들이 불안해하리라는 것을 나는 잘 알고 있었다. 아버지는 편지에서 나를 한마디도 질책하지는 않으셨다. 단지 내가 하고 있는 작업에 대해 전보다 더 꼬치꼬치 캐묻는 것으로 내 침묵에 대한 궁금증을 대신하셨을 뿐이다.

　고된 노동 속에 겨울, 봄, 그리고 또다시 여름이 흘러갔다. 나는 예전에 나를 그토록 기쁘게 했던 꽃송이와 나뭇잎들을 더 이상 보지 않았다. 나는 오로지 작업에만 홀린 듯 빠져 있었다. 그해 낙엽들이 다 시들어 떨어지고 나서야 작업의 끝이 보이기 시작했다. 작업의 끝이 보이자 불안감이 엄습했다. 이제 나는 좋아하는 일에 몰두하는 예술가라기보다는 힘든 육체노동에 시달리는 노예 같은 몰골이었다. 밤마다 미열에 시달렸고 고통스러운 불안감에 사로잡혔다.

　나는 창조 작업을 완수한 후 운동과 오락을 다시 즐기게 되면 이 모든 것들은 쉽게 사라지리라 스스로 다짐하며 작업을 계속했다.

# 제4장

11월의 어느 황량한 날 드디어 힘든 노동의 끝이 보이기 시작했다. 나는 고뇌에 가까운 불안에 휩싸인 채 발치에 드러누워 있는 생명 없는 물체에 존재의 불꽃을 주입하려 했다. 벌써 새벽 1시였다. 빗방울이 침울하게 유리창을 두드리고 있었고 내 촛불도 거의 타버리고 있었다. 그때 반쯤 꺼진 촛불에 내가 창조한 생명체가 흐릿한 노란 눈을 뜨고 있는 것이 보였다. 그것은 힘겹게 숨을 몰아쉬며 사지를 뒤틀었다.

그 모습 앞에서 내가 느낀 것을 어떻게 묘사할 수 있을까? 내가 그토록 힘들여 빚어낸 그 모습을 어떻게 묘사할 수 있을까? 사지는 비율을 맞추어 만들어졌고 생김생김 역시 아름답게 여겨지도록 온갖 공을 들였다.

아름답다니! 오, 하느님 맙소사!

그 누런 살갗 아래로 근육과 혈관이 그대로 드러나 있었다. 윤기가 흐르는 머리카락은 찰랑거리고 있었고 이빨은 진주처럼 희었지만 희멀건 눈구멍, 그 구멍과 별 색깔 차이가 나지 않는 채 번득거리는 두 눈, 쭈글쭈글한 얼굴 살갗, 그 모든 것이 일자로 굳게 다문 시커먼 입술과 대비되어 정말로 끔찍해 보였다.

나는 생명 없는 육신에 숨을 불어넣겠다는 열망에 사로잡혀 거의 2년 가까운 세월을 온통 그 일에 바쳤다. 그 열망을 이루기 위해 건강도 휴식도 다 포기했다. 하지만 그 일이 끝난 지금, 아름다웠던 꿈은 사라지고 숨 막히는 공포와 혐오만이 온통 내 마음을 사로잡았다.

나는 내가 창조해낸 존재의 모습을 차마 두 눈 뜨고 볼 수가 없어서 실험실에서 뛰쳐나와 침실로 갔다. 나는 침실 안에서 서성였지만 도저히 마음을 진정할 수 없었다. 나는 극도의 피로감에 옷을 입은 채 침대에 쓰러졌다. 다만 얼마간이라도 모든 걸 잊고 싶었다. 잠시 잠이 들었던 것 같다. 나는 악몽에 시달리다가 소스라치게 놀라 잠에서 깨어났다. 식은땀이 줄줄 흘렀고 이가 딱딱 부딪혔으며 팔다리는 부들부들 떨렸다.

희미한 달빛이 침실 창문 틈새로 들어오고 있었다. 순간 눈앞에 그 괴물이 보였다. 내가 창조해낸 바로 그 참혹한 괴물이! 그는 침대 커튼을 들췄다. 그 눈은—그걸 눈이라고 부를 수 있을지 모르지만!—꼼짝도 않고 나만 바라보고 있었다. 흉측한 아가리를 벌리고 무슨 말인가 하고 있는 것 같았지만 내게는 아무것도 들리지 않았다.

나는 황급히 층계를 달려 내려갔다. 그가 한 손을 뻗어 나를 잡으려 하는 것 같았지만 나는 세차게 뿌리치고 밖으로 뛰쳐나갔다. 그리고 안뜰에 몸을 숨기고 끔찍한 괴로움에 밤새 서성거렸다. 가끔 맥박이 너무 빨리 뛰는 바람에 요동치는 혈관 하나하나가 다 느껴질 정도였다. 나는 귀를 쫑긋 세우고 무슨 소리가 날 때마다 내가 생명을 불어넣은 그 시체, 악마와도 같은 그 괴물이 내게 다가오는 것 같아 두려움에 몸을 떨었다.

아, 인간이라면 누구도 그 무시무시한 얼굴을 견딜 수 없으리라. 미라가 살아 움직인다 해도 그 괴물처럼 끔찍하지는 않으리라. 나는 미완의 상태에서 그 괴물을 찬찬히 뜯어본 적이 있었다. 그때도 흉물이었다. 하지만 그 흉물이 살아서 움직이게 되자 지옥에서도 보기 어려울 괴물이 되어버렸다. 나는 땅바닥에 주저앉았다. 공포심과 함께 쓰디쓴 환멸이 찾아왔다. 오랫동안 나를 사로잡았던 꿈은 악몽이 되어버렸다. 모든 것이 완벽하게 뒤집혀버렸다.

밤새 공포에 시달린 뒤 드디어 비오는 음울한 아침이 되었다. 나는 뜰에서 나와 도망치듯 거리를 걸었다. 다시 내 숙소로 돌아갈 엄두가 나지 않았다. 장대비가 쏟아져 온몸이 흠뻑 젖었지만 무조건 빨리 어디론가 가야 한다는 생각뿐이었다.

그렇게 정신없이 걷던 나는 어느 여인숙 앞에서 발걸음을 멈추었다. 대형 사륜마차 한 대가 내 쪽을 향해 달려오는 것이 보였다. 나는 이유도 모르는 채 그 마차에 시선을 못박고 몇 분간 서 있었다. 마차가 가까이 와서 보니 스위스에서 온 승합마차였다. 마차는 바로 내가 서 있는 곳에서 멈췄다. 문이 열렸을 때 내가 얼마나 놀랐던지! 바로 앙리 클레르발이 마차에서 내리는 것이 아닌가!

마차에서 훌쩍 뛰어내린 그는 나를 보자 큰 소리로 외쳤다.

"아니, 프랑켄슈타인 아닌가! 마차에서 내리자마자 바로 자네를 보게 되다니! 마치 자네가 미리 알고 나를 기다린 것 같군. 내 운이 트인 모양인데!"

클레르발을 본 순간 나는 비할 데 없이 기뻤다. 이런 순간에 정겨운 친구를 만난다는 건 마치 구세주를 만나는 것 같았다.

제4장

나는 친구의 손을 꼭 잡고, 잠시 내 공포와 불안을 잊었다. 그야말로 몇 달 만에 처음으로 맛보는 순수한 기쁨이었다.

우리가 대학가 쪽을 향해 함께 걷는 동안 그가 어떻게 이곳에 오게 되었는지 설명해주었다.

"상인이라고 해서 장부 기입만 잘하면 되는 게 아니라고 아버지를 설득하는 게 정말 힘들었어. 아버지는 '그리스어를 몰라도 돈 잘 벌고 배불리 잘 먹는다'고 하시며 내 말을 들으려 하시지 않으셨지. 하지만 자식에 대한 애정으로 당신의 신념을 꺾으신 셈이야. 결국 지식의 땅으로 여행하는 것을 허락하셨네."

"자네를 다시 보니 이렇게 반가울 수가 없어. 자, 우리 아버지와 동생들, 그리고 엘리자베스가 어떻게 지내는지 좀 이야기해주게."

"다들 잘 지내고 있어. 다만 자네로부터 소식이 없어 좀 걱정들이지." 그러더니 그는 내 얼굴을 뚫어져라 쳐다보더니 이렇게 말했다.

"자네 안색이 안 좋은 걸 미처 알아보지 못했네. 아니, 이렇게 야위고 창백하다니! 며칠 동안 한숨도 못잔 사람 같아!"

"잘 봤네. 요즘 정말 골치 아픈 일이 있어서 쉬지 못했거든. 이제 모든 일 다 잊고 자유롭게 되기를 간절히 바라고 있다네."

나는 전날 밤의 일을 그에게 이야기해주지 않았다. 생각조차 견디기 어려웠기 때문이다. 그 생각만 해도 몸이 떨려왔다. 우리는 금세 대학에 도착했다. 대학 안의 내 숙소 작업실에 두고 온 그 괴물이 뛰쳐나와 집 안을 돌아다니고 있을지도 모른다는 생각에 소름이 끼쳤다. 괴물과 다시 마주친다는 것은 끔찍한 일이었다. 더욱이 앙리가 그 괴물과 마주치게 될까봐 두려웠다. 도대체 그 괴물에 대해 앙리에게 어떻게 설명해줄 수 있단 말인가? 나는 그를 밑에서 기다리라고 한 후 계단을 올라갔다.

나는 손으로 자물쇠를 잡고 잠시 서 있었다. 싸늘한 전율이 몸을 훑고 지나갔다. 나는 문을 세차게 열었다. 하지만 아무것도 보이지 않았다. 나는 두려움에 떨며 안으로 들어갔다. 실험실은 텅 비어 있었다. 침실에도 그 흉측한 괴물은 없었다. 오오, 이렇게 다행일 수가! 그는 도망간 것이었다. 나는 기뻐서 손뼉을 치며 클레르발에게 달려갔다.

나는 클레르발과 함께 방으로 올라왔다. 도저히 흥분을 억누를 수 없었다. 맥박이 빨리 뛰고 좀처럼 제자리에 서 있을 수 없었다. 클레르발은 내가 자기를 만난 기쁨에 이렇게 날뛴다고 생각했을 것이다. 그러나 그는 나를 유심히 바라보고는 내 눈에 뭔가 이해하기 어려운 광기가 서려 있는 것을 알아차렸다.

제4장

내가 갑자기 큰 소리로 미친 듯 웃음을 터뜨리자 그는 매우 놀랐다.

"이보게, 빅토르! 왜 그래? 왜 그런 식으로 웃는 거야? 정상이 아냐. 도대체 무슨 일이 있었던 건가?"

순간 나는 그 무시무시한 유령 같은 괴물이 방으로 미끄러져 들어오는 환상을 보았다. 나는 두 손으로 눈을 가리고 소리쳤다.

"저놈이 다 말해줄 거야! 오, 살려줘, 제발 살려줘!"

나는 그 괴물이 나를 붙잡는 환각에 빠졌다. 나는 맹렬하게 저항하다가 몸을 떨면서 그대로 쓰러졌다. 오, 가엾은 클레르발! 얼마나 놀랐을까!

나는 의식을 잃었다가 오랜 시간이 지나서야 깨어났다. 내 신경증의 시작이었고 그 병은 몇 달간이나 지속되었다.


이후 나는 몇 달간 집 밖 출입을 하지 못했으며 앙리 클레르발이 나를 간호해주었다. 그는 내 병이 얼마나 중한지 내 집에 알리지 않았다. 고령인 아버지를 염려해서였고 엘리자베스가 크게 상심할까 걱정되었기 때문이다. 실제로 나는 몹시 앓았다. 내 눈앞에 괴물이 어른거려 끝도 없이 그 괴물에 대한 헛소리를 지껄였다. 앙리의 정성어린 간호가 없었다면 목숨을 잃었을지도 모른다. 결국 앙리도 내게 무언가 진기하고도 끔찍한 사건이 일어났고 그 때문에 내가 병에 걸린 것이라고 생각하게 되었다.

내 친구가 걱정할 만한 증세가 가끔씩 나타나곤 했지만 나는 조금씩 호전되었다. 나는 조금이나마 기쁨을 느끼면서 창밖의 세상을 바라볼 수 있게 되었다. 창에 그늘을 드리운 나무들에서 새싹이 돋고 있었다. 찬란한 봄이었다. 봄은 나를 회복시키는 데 큰 도움이 되었다. 우울은 사라지고 어느덧 나는 명랑했던 본래의 모습으로 돌아갈 수 있었다.

"클레르발, 정말 고마워. 자네는 공부를 향한 열정을 채우려고 이곳에 온 것인데 겨울 내내 공부도 못 하고 이 방에만 처박혀 있었잖아. 이 은혜를 어떻게 갚아야 하지?"

"자네가 가능한 한 빨리 건강을 찾는 게 나한테 진 빚을 갚는 길이야. 자네 기분이 좋아 보이니 이제 말해도 되겠군. 자네에게 긴히 해줄 이야기가 하나 있다네."

나는 갑자기 몸이 떨려왔다. 그가 진지한 태도를 보이자 갑자기 잊고 있던 괴물이 생각났던 것이다. 그가 놈을 본 것일까? 그 이야기를 하려는 걸까? 대체 무슨 이야기이지? 내 안색이 변하는 것을 보고 그가 말했다.

제4장

**59**

"진정하게. 자네가 불편해한다면 그만둘게. 하지만 자네의 아버님과 자네 사촌이 자네 편지를 받으면 아주 기뻐하실 거란 말은 하고 싶군. 자네가 아픈지는 알고 있지만 얼마나 심한지는 모르고들 있어. 내가 그런 소식을 전하지 않았으니까. 그런데, 몇 달간 자네 편지를 받지 못했으니 마음이 편치 않으실 거야."

"그 이야기란 말인가? 그렇다면 어서 해주게. 내가 제일 궁금한 게 아버지와 엘리지베스 소식인 걸 자네도 알지 않는가?"

"하긴 그렇지. 자, 이 편지를 읽으면 자네가 기뻐할 걸세. 아마 엘리자베스가 보낸 온 편지인 것 같아."

# 제5장

　나는 클레르발이 건네준 편지를 읽었다. 그의 말대로 사랑하는 엘리자베스로부터 온 편지였다.

　사랑하는 빅토르에게,
　많이 아팠다며? 우리가 얼마나 걱정했는지는 말 안 해도 알겠지? 앙리가 자주 소식을 전해주었지만 안심이 되지 않아. 혹시 네가 몹시 아픈 걸 감추는 게 아닌지 의심하기도 했어. 네가 오랫동안 편지를 쓰기도 어려울 정도이니 그런 생각이 드는 건 당연하잖아. 아버님이 직접 네게 가보시겠다는 걸 말리느라 얼마나 힘이 들었는지 몰라. 연세가 많으시니 그렇게 긴 여행은 무리잖아. 사정이 허락한다면 나도 직접 네게 가보고 싶어.

네가 많이 좋아졌다고 클레르발이 편지를 보냈어. 네가 그 소식을 직접 알려주면 좋을 텐데. 빨리 회복되어서 이 곳으로 돌아올 수 있으면 좋겠어.

에른스트가 건강한 걸 보면 너는 아주 기뻐할 거야. 원래 몸이 약했었잖아? 이제 열여섯 살인데 에너지가 넘쳐. 군대에 가고 싶어 하지만 네가 돌아오기 전까지는 떠나지 않게 할 작정이야. 네가 여기를 떠난 후 이곳에 별다른 큰 변화는 없었어. 딱 한 가지 네가 즐거워할 만한 일이 있긴 있었지.

유스틴 모리츠라고 기억나? 그 애가 어떻게 해서 우리 집으로 들어오게 됐었는지 기억 나? 아마 기억 못 할지도 몰라. 하지만 내가 간단히 이야기해주면 금방 기억날 거야. 그 애 아버지가 죽은 후 왜 그런지 모르지만 그 애 어머니가 그 애를 미워했다나봐. 그 사실을 눈여겨본 어머님이 그 애 어머니를 설득해서 우리 집에 같이 살게 해준 거잖아.

이제 너도 기억날 거라고 믿어. 너도 유스틴을 굉장히 좋아했으니까. 아무리 기분이 안 좋다가도 유스틴만 보면

다 풀린다고 했잖아. 참으로 솔직하고 명랑한 아이였어. 어머님은 그 애에게 애정을 느끼시고 교육도 시켜주셨어. 유스틴은 유스틴대로 어머님에게 정말 감사하는 마음을 품고 있었어. 그 애는 어머님을 닮으려고 무척 애썼지. 지금까지도 그 애를 보면 가끔 어머님 생각이 나곤 해. 어머님이 편찮으셨을 때 병상을 밤새 지키면서 간호한 애가 바로 유스틴이야.

그런데 네가 잉골슈타트로 떠난 지 몇 달 후, 자식을 모두 잃게 된 그 애 어머니가 그 애를 다시 곁으로 불렀어. 불쌍한 아이! 우리 집을 떠나면서 흐느껴 울었지. 그 애는 어머님이 돌아가신 후 딴 사람이 되었어. 몸가짐이 부드러워지고 온화함이 깃들었지. 아주 얌전하고 조신한 처녀가 된 거야. 그전엔 그토록 명랑하던 아이인데 말이야.

그런데 지난겨울에 그 애 어머니인 모리츠 부인이 세상을 떠났어. 유스틴이 다시 우리 곁으로 돌아올 수 있게 된 거지. 나는 그 애를 정말 사랑해. 아주 영리하고 온순하고 너무 예뻐. 정말 그 애를 보고 있으면 어머님이 떠오르거든.

사랑하는 내 사촌, 막내 윌리엄 이야기도 한두 마디 덧붙

일게. 네가 그 애를 볼 수 있다면 정말 좋겠다. 다정한 웃음을 띤 파란 눈과 장밋빛으로 물든 뺨을 보고 있으면 정말 너무 귀여워.

자, 사랑하는 빅토르. 정말로 많이 아픈 게 아니라면 편지를 줘. 단 한 줄, 한 마디라도 괜찮아. 앙리가 너를 극진히 돌봐주고 안부 편지를 보내준 데 대해 감사의 말을 전해 줘. 안녕, 사랑하는 빅토르, 건강해야 해. 그리고 제발 편지를!

17××년 3월 18일 제네바에서<br>엘리자베스 라벤차

"오, 나의 착한 엘리자베스!" 편지를 읽고 나서 나는 소리쳤다. 그런 후 그녀에게 곧바로 내가 잘 지내고 있다고 편지를 썼다. 가족들의 근심을 덜어줄 필요가 있었기 때문이었다. 나는 병이 회복세로 접어들고 있었고 두 주 후에는 방 밖으로 나갈 수 있게 되었다.

나는 우선 클레르발을 대학의 여러 교수들에게 소개시켜주었다. 하지만 그 와중에 힘든 일들을 겪고 내 마음에 생긴 상처가 덧나는 일이 벌어졌다. 바로 내가 심취했던 자연철학 때문

이었다.

숙명의 그날 이후 나는 자연철학이라는 단어만 들어도 격렬한 반감을 느꼈다. 그리고 화학 기구만 보아도 신경증이 도지곤 했다. 앙리는 눈치가 빠른 좋은 친구였다. 그는 이런 내 모습을 보고 화학실험 기구들을 눈에 보이지 않는 곳으로 싹 치웠다. 하지만 교수들을 만났을 때는 도리가 없었다.

발트만 교수는 내가 과학 분야에서 이룩한 성과들을 치하했다. 온정과 친절이 담긴 칭송이었지만 내게는 고문이나 다름없었다. 내가 그런 주제를 꺼낼 때마다 싫어한다는 것을 눈치 챈 발트만 교수는 대화의 주제를 보다 포괄적인 과학 분야로 돌렸지만 사정은 나아지지 않았다. 나를 기분 좋게 해주려는 그의 의도가 오히려 나를 괴롭히고 있었으니 마치 살인 도구들을 천천히 하나씩 내 눈앞에 꺼내놓는 셈이었다. 그런 내 모습을 보고 클레르발은 대화의 주제를 일반적인 문제로 돌리려 애를 썼고 발트만 교수는 그의 의도대로 잘 따라주었다.

클레르발은 내 태도가 궁금하기 짝이 없었지만 비밀을 캐묻는 법은 없었다. 나는 내 친구를 사랑했지만 비밀을 털어놓을 수는 없었다. 세세하게 그 사연을 털어놓으면 오히려 내 기억 속에 더 깊이 새겨질까봐 두려웠기 때문이다. 나는 모든 것을 그냥 다 잊고만 싶었다.

크렘페를 만나는 일은 더 고역이었다. 그는 노골적으로 클레르발에게 말했다.

"이 친구가 우리를 저 멀리 제쳐버렸다네. 몇 년 전만 해도 아그리파를 복음처럼 믿고 있던 친구가 이제는 대학 내 최고 학자로 자리를 굳혔다니까. 그를 빨리 끌어내리지 않으면 우리 체면이 말이 아니게 될 거야."

그는 내 반응에는 관심이 없이 오로지 자기 이야기만 늘어놓음으로서 나를 괴롭혔다.

다행인 것은 클레르발이 자연철학에는 별로 관심이 없다는 것이었다. 그의 주된 연구 대상은 언어였다. 그는 그리스어와 라틴어를 완벽하게 습득하고 나서 페르시아어, 아랍어, 히브리어에 관심을 가졌다. 나도 그와 함께 언어공부에 몰두하며 세월을 보냈다.


어느 새 몇 개월이 흐르고 5월에 접어들었다. 나는 제네바로 돌아갈 계획을 세우고 내 출발 날짜를 알려줄 편지가 제네바에서 오기만 기다리고 있었다. 그동안 나는 클레르발과 함께 지내면서 몇 년 전의 행복한 인간으로 돌아갈 수 있었다. 그는 순전히 이기적인 열정에 사로잡혀 있던 나에게 세상과 사람을 사랑하는 법을 가르쳐주었다.

행복을 되찾자 무생물인 자연에서도 나는 비할 데 없는 기쁨을 느꼈다. 일요일 어느 날 나는 클레르발과 산책을 나갔다. 나는 화창한 하늘과 녹음 짙은 들판을 바라보며 황홀한 기쁨으로 가슴이 벅차올랐다. 계절은 신성하리만치 아름다웠다. 봄꽃들이 사방에 만발해 있었고 여름꽃들에는 벌써 꽃망울이 맺혀 있었다. 나는 나를 그렇게 짓누르던 지난해의 생각들로 괴로워하지 않을 수 있게 되었다.

앙리는 쾌활한 내 모습을 보고 기뻐했다. 그리고 나를 즐겁게 해주려고 애썼다. 그럴 때면 그의 놀라운 정신적 자산들이 숨김없이 드러났다. 그의 이야기들은 상상력으로 충만했으며 페르시아와 아라비아의 작가들을 모방해 기막힌 이야기들을 꾸며내기도 했다.

세상이 모두 행복해 보였다. 기분이 한없이 좋아진 나는 걷잡을 수 없는 환희를 억누르지 못하고 가슴이 뛰었다. 나를 짓누르던 악몽은 모두 사라진 것 같았다.

# 제6장

하지만 행복은 그다지 오래가지 못했다. 끔찍한 소식을 전하는 아버지의 편지가 나를 기다리고 있었던 것이다.

사랑하는 빅토르,

아마도 넌 네가 고향으로 돌아올 날짜를 알려주는 편지를 애타게 기다리고 있겠지? 처음에는 날짜만 알려주는 몇 줄의 편지를 쓰려 했지만 그럴 수가 없었구나.

사람들이 따뜻하고 기쁘게 너를 맞으리라 생각하고 집으로 돌아왔는데 반대로 눈물과 비탄에 젖은 사람들을 보게 된다면 네가 얼마나 놀라겠느냐? 그래, 너무나 슬픈 일이 벌어졌단다.

사랑하는 빅토르, 우리의 윌리엄이 죽었단다. 그 사랑스러운 아이가! 미소로 내게 기쁨과 따스함을 주던 그 아이가! 빅토르, 그 애는 살해당했다!

너를 위로할 힘이 내게는 없다. 사건만 간단하게 추려서 적으마.

지난 목요일(5월 7일), 나와 엘리자베스, 그리고 네 두 동생이 플랭팔레로 산책을 갔다. 날씨가 좋고 따뜻해서 좀 늦게까지 그곳에 머물렀다. 벌써 황혼 녘이었다. 그런데 저 앞으로 먼저 달려간 에르네스트와 윌리엄의 모습이 보이지 않더구나. 그래서 그 애들이 돌아올 때까지 앉아서 기다렸지.

얼마 후 에르네스트가 오더니 윌리엄을 못 보았냐고 묻더구나. 숨바꼭질을 했는데 아무리 찾아도 그 애가 보이지 않는다는 거야. 우리는 밤이 되도록 그 애를 찾아 다녔다. 새벽 5시경 우리는 그 애를 발견했단다. 풀밭에 납빛이 되어 꼼짝도 않고 쓰러져 있었어. 아이의 목에는 살인자의 손가락 자국이 남아 있었지.

엘리자베스는 황급히 죽은 아이의 목을 살펴보더니 두 손을 꼭 잡고 이렇게 외치더구나.

"오, 하느님! 내가 사랑하는 우리 아기를 죽였어요."

그러더니 엘리자베스는 혼절했다가 겨우 정신을 차렸다. 다시 정신이 든 후에도 그 애는 그저 울기만 했다. 그러면서 내게 이야기를 해주었다.

바로 그날 저녁 엘리자베스가 갖고 있던 네 어머니의 초상화 목걸이를 윌리엄이 보고 자기가 걸어보겠다고 졸랐다는 거야. 그런데 윌리엄의 목에는 그 목걸이가 없었다. 틀림없이 살인자는 그 목걸이를 노렸던 거야.

어서 빨리 와라, 빅토르. 너만이 엘리자베스를 위로해줄 수 있어. 도무지 울음을 그치지 않고 윌리엄이 자기 때문에 죽었다고 한탄하고 있구나. 나도 억장이 무너지는 것 같다. 네가 한시라도 빨리 돌아와 우리 모두를 위로해주길 빈다. 원수에 대한 증오심을 품고 오라는 게 아니다. 널 사랑하는 이들에 대한 애정을 품고 돌아와야 한다.

비탄에 잠긴, 사랑하는 아버지가.
17××년 5월 12일 제네바에서
알폰세 프랑켄슈타인

나는 너무 놀랍고 슬퍼서 어쩔 줄 몰랐다. 나는 안절부절못하고 방 안을 서성거리며 어안이 벙벙해 있는 클레르발에게 편지를 읽어보라고 손짓했다.

편지를 읽고 사연을 알게 된 그는 나를 진심으로 위로했다. 그리고 어여쁜 윌리엄이 이제는 천사가 된 어머니 곁에서 평온하게 쉬고 있을 거라고 말했다. 평소에 그렇게 나를 평온하게 해주던 그의 위로도 큰 힘이 되지 못했다. 우물쭈물할 시간이 없었다. 나는 즉시 친구와 작별하고 고향으로 향하는 이륜마차에 황급히 몸을 실었다.

참으로 우울하기 그지없는 여정이었다. 처음에는 가족들을 빨리 위로해야겠다는 마음에 한시라도 빨리 가고 싶었다. 하지만 고향이 가까워질수록 발길이 늦춰졌다. 그사이 6년에 가까운 세월이 흘렀으니 그동안 세상은 얼마나 변했을 것인가? 나 또한 얼마나 변했던 것인가? 나는 알지 못할 두려움에 떨고 있었다. 앞으로 나아갈 용기가 없었다. 나는 뭐라 형용할 수 없는 죄책감에 떨었다.

나는 고통스러운 심정으로 로잔에 이틀을 묵은 후 제네바를 향한 여정을 계속했다. 길은 호숫가를 따라 이어졌으며 고향에 가까워질수록 점점 좁아졌다. 쥐라산맥의 검은 산등성이와 하얗게 빛나는 몽블랑의 정상이 전보다 더 또렷하게 보였다. 나는 나를 무심코 반겨주는 자연들을 바라보며 오열했다.

집에 가까워질수록 비탄과 공포가 다시 덮쳐왔다. 주위가 온통 어두웠다. 온 세상이 흐릿한 악의 소굴처럼 보였다. 그때 나는 막연히 예감했다. 앞으로 나는 세상에서 가장 비참한 인간이 되리라는 불길한 예감! 아, 예감은 들어맞았다. 다만 한 가지가 틀렸다. 내가 겪게 될 불행은 내가 상상하고 두려워했던 것보다 훨씬 더 가혹했다는 것, 그것만이 틀렸을 뿐이다.

나는 완전히 캄캄한 밤이 되었을 때 제네바에 도착했다. 시내 관문들은 이미 닫혀 있었다. 나는 시내에서 2.5킬로미터 떨어진 외곽의 세슈롱에서 밤을 보낼 수밖에 없었다. 여장을 푼 나는 도저히 마음 편히 쉴 수가 없어 윌리엄이 살해당한 장소를 찾아가 보기로 했다.

나는 도시를 가로지를 수 없어 보트를 타고 호수를 건너 플랭팔레로 갔다. 그동안 몽블랑 정상에서 번개들이 번쩍였고 폭풍우가 다가오고 있었다. 보트에서 내리자, 나는 머리 위로 무시무시하게 천둥 번개가 치는 길을 끝없이 헤맸다. 하늘에서 벌어지는 장엄한 전쟁장면을 보고 있자니 내 영혼이 고양되어 나는 두 손을 맞잡고 큰 소리로 외쳤다.

"오, 사랑하는 나의 천사 윌리엄! 이것이 네 장례식이다! 이것은 하늘이 너를 위해 마련한 비가(悲歌)다!"

바로 그 순간이었다. 어둠 속 가까운 곳 나무 등걸 뒤로 누군가 지나가는 것을 보았다. 나는 못박힌 듯 그 자리에 서서 뚫어져라 바라보았다. 잘못 보았을 리 없었다. 번갯불에 정체가 뚜렷하게 드러났다. 거대한 몸집! 차마 인간이라 할 수 없는 흉측한 생김새! 바로 내가 생명을 준 그 더러운 악마였다.

여기서 뭘 하는 걸까? 놈이 내 동생을 죽인 걸까? 그 생각만 해도 온몸이 떨려왔다. 한번 그런 생각이 들자마자 의심의 여지가 없다는 확신이 섰다. 이가 딱딱 부딪히고 몸을 가눌 길 없어 나는 나무에 몸을 기대야 했다. 놈이 재빨리 사라지는 바람에 어둠 속에서 놈을 놓치고 말았다.

인간의 탈을 썼다면 그 귀여운 아이를 결코 죽일 수 없었으리라! 놈은 인간이 아니었다. 그렇다! 놈이 바로 살인자였다. 의심의 여지가 없었다. 나는 악마를 추적하려 했으나 허사였다. 번갯불에 다시 놈의 모습이 보였지만 놈은 이미 멀리 깎아지른 듯한 바위 틈새를 기어올라 순식간에 정상에 다다르더니 자취를 감추었다.

나는 화석처럼 굳은 채 그곳에 서 있었다. 천둥소리는 그쳤

제6장

지만 여전히 비가 내리고 있었으며 한 치 앞도 분간하기 어려운 어둠이 사방을 에워싸고 있었다. 지금껏 그토록 잊으려 했던 일들이 다시 뇌리를 스쳐갔다. 내 손으로 빚은 생물이 생명을 지니고 꿈틀거리던 일, 그리고 놈이 떠나버렸던 일까지 생생하게 되살아났다. 괴물이 처음 생명을 얻은 날로부터 벌써 2년 가까운 세월이 흘렀으니 그동안 놈이 얼마나 많은 악행을 저질렀을까! 아아, 이럴 수가! 살육에서 쾌감을 느끼는 저주받은 괴물을 내가 세상에 풀어놓았구나! 아아, 그렇다! 그놈이 내 동생을 살해한 것이다! 놈은 내가 만들어놓은 흡혈귀였고 내가 무덤에서 풀어놓아 내게 소중한 것들을 파멸로 몰아넣게 만든 유령이었다.

나는 밤새 고뇌에 시달리며 그곳에서 밤을 꼬박 새웠다. 이윽고 날이 밝았다. 나는 시내 쪽으로 걸음을 옮겼다. 성문이 열려 있었고 나는 곧장 아버지의 집으로 향했다. 나는 5시경에 아버지의 집에 들어섰다. 하인들에게 가족을 깨우지 말라 이른 후 나는 서재로 들어가 가족들이 일어나기를 기다렸다. 나는 벽난로 선반에 놓인 어머니의 초상화를 하염없이 바라보았다. 그 그림 아래 윌리엄의 작은 초상화가 있었다. 그 모습을 보자 저절로 눈물이 흘러내렸다.

그때 에르네스트가 들어왔다. 나를 본 동생의 얼굴에 기쁨의 표정이 떠올랐다. 하지만 그 표정 뒤에는 서글픔이 서려 있었다. 동생이 내게 말했다.

"어서 와, 형. 아, 형이 3개월 전에만 왔어도 좋았을 것을! 그랬으면 모두 기쁜 마음으로 형을 맞이할 수 있었을 거야. 하지만 지금은 눈물로 형을 맞을 수밖에 없어." 말을 마친 그는 흐느끼기 시작했다. 나는 그를 달래며 말했다.

"조금만 진정해주렴. 형의 마음도 너무 아프단다. 그런데 아버지는 어떠시니? 슬픔을 잘 이기고 계시니? 엘리자베스는 어때?"

"아버지는 너무 슬퍼하셔. 누나는 동생의 죽음이 자기 탓이라며 너무 괴로워해. 하지만 살인자를 찾아내고 나니……."

"살인자를 찾았다고! 이럴 수가! 도대체 어떻게! 누가 감히 그놈을 추적할 수 있었지? 차라리 바람을 따라잡거나 지푸라기로 계곡물을 막는 게 더 쉬운 일이지."

"형, 무슨 소리를 하는 거야? 형이 범인을 알고 있다는 거야? 형, 우리는 범인을 알고 나서 모두들 더 비참한 심정이 되었어. 처음에는 아무도 믿을 수 없었어. 증거가 너무 빤한 데도 엘리자베스는 여전히 믿으려 하지 않아. 그렇게 상냥하고 온 식구와 친하게 지내던 유스틴 모리츠가 그런 끔찍한 짓을 저질렀다니 도대체 누가 믿을 수 있겠어?"

"유스틴 모리츠? 아, 아냐! 그건 안 돼! 그 애가 죄를 뒤집어쓰고 있어? 말도 안 돼. 아무도 안 믿지? 그렇지, 에르네스트?"

"처음엔 아무도 안 믿었어. 하지만 정황상 믿을 수밖에 없어. 게다가 그녀의 말과 행동도 갈피를 잡을 수 없어서 그녀를 의심할 수밖에 없어. 바로 오늘 재판이 열려. 그걸 보면 형도 진상을 다 알게 될 거야."

그런 후 에르네스트는 그간 밝혀진 내용을 내게 이야기해주었다. 에르네스트의 이야기에 따르면 불쌍한 윌리엄이 발견된 날 아침에 멀쩡하던 유스틴이 갑자기 병으로 앓아눕게 되었다고 했다. 그런데 며칠 후 어떤 하인이 유스틴의 옷 주머니에서 우연히 에르네스트 어머니의 초상화 목걸이를 발견했다. 살인이 일어나던 날 유스틴이 입고 있던 옷이었다. 하인은 다른 동료들과 그 이야기를 나눈 후 가족들과 상의도 없이 곧바로 치안판사를 찾아간 것이다. 그리고 하인들의 증언을 토대로 유스틴이 체포되었다. 체포된 소녀는 극심한 혼란에 빠져 횡설수설했는데 결과적으로 자신의 죄를 인정하는 꼴이 되고 말았다.

그때 아버지가 들어오셨다. 슬픈 기색이 역력했지만 나를 쾌활하게 맞아주려고 애쓰고 계셨다. 나는 아버지에게 말했다.

"아버지, 유스틴은 죄가 없어요. 나는 누가 우리 불쌍한 윌리엄을 죽였는지 알아요."

"그래, 나도 그 애가 그런 짓을 저질렀다고는 믿고 싶지 않단다. 오늘 재판이 벌어질 텐데, 나도 그 애가 무죄 방면되기를 원하고 있다."

이 말에 내 마음이 편안해졌다. 나는 유스틴은 물론, 이 세상 그 어떤 인간도 이 살인을 저지르지 않았다고 굳게 믿고 있었다. 유죄 선고를 내릴만한 증거도 없을 것이고 그녀는 틀림없이 풀려나리라고 믿고 전혀 두렵지 않았다.

곧이어 엘리자베스가 들어왔다. 6년의 세월이 그녀를 몰라보게 바꾸어놓았다. 6년 전 그녀는 예쁘고 마음 착한 소녀였다. 하지만 이제는 완벽히 사랑스러운 여인이 되어 있었다. 탁 트인 이마는 그녀의 성격을 그대로 보여주고 있었으며 연한 갈색의 눈은 더없이 온화한 빛을 띠고 있었다. 머리카락은 탐스러운 짙은 갈색이었으며, 피부는 희었고 몸매는 가냘프고 우아했다.

그녀는 더할 나위 없는 애정으로 나를 반겨주었다.

"빅토르, 너를 보니 희망을 가질 수 있을 것 같아. 네가 우리 불쌍한 유스틴을 변호할 길을 찾을지도 모르잖아. 난 그 애가 죄가 없다고 믿어." 그녀는 흐느꼈다.

"그 애는 아무 잘못도 저지르지 않았어. 내가 알아, 나의 엘리자베스." 내가 말했다.

"그 애는 무죄로 풀려날 테니 아무 걱정하지 마."

아버지도 그녀를 위로했다.

"사랑하는 엘리자베스, 눈물을 거두어라. 우리의 법을 믿으려무나. 불공정한 일이 벌어지면 내가 힘써 막을 테니, 나를 믿도록 해라."

# 제7장

　재판은 11시에 시작되었다. 나는 가족들을 따라 법정으로 갔다. 나는 괴로울 수밖에 없었다. 순전히 내 호기심에서 비롯된 불법 작업으로 인해 사람을 둘이나 죽이는 결과를 낳을지 모를 일이었다. 그중 한 명은 순진무구한 웃음을 띤 어린아이였고, 다른 한 사람은 억울한 누명을 쓰고 죽을 수도 있는 착한 소녀였다. 나는 유스틴이 뒤집어쓴 죄를 차라리 내가 저질렀다고 고백하고 싶은 심정이었다. 하지만 범죄 당시 나는 이곳에 있지도 않았으니 미친 헛소리 취급당할 것이 뻔했다.

　유스틴은 의외로 차분했다. 그녀는 결백을 확신하는지 그녀를 비난하는 수많은 사람들 앞에서도 전혀 떨지 않았다. 하지만 긴장한 기색은 역력했다.

재판이 시작되었다. 검사의 「기소장」 낭독이 끝나자 증인들이 소환되었다. 그녀의 결백을 확신하지 않는 사람이라면 그녀의 유죄를 믿을 만한 깜짝 놀랄 만한 내용들이었다. 살인이 일어나던 날 밤, 그녀는 범행 장소와 그다지 멀지 않은 곳에서 시장 장사꾼 아줌마의 눈에 띄었다. 장사꾼이 뭘 하느냐고 묻자 앞뒤 안 맞는 말을 횡설수설했다는 것이었다.

아침 8시경에 그녀는 집으로 돌아왔다. 하인들이 어디 갔었느냐고 묻자 아이를 찾고 있었다고 대답했다. 시신을 보여주자 그녀는 격한 반응을 보이며 며칠 동안 앓아누워 있었다. 마지막으로 하인이 그녀 옷 주머니에서 발견한 초상화 목걸이가 증거로 제시되었다. 엘리자베스가 목멘 소리로 아이가 실종되기 한 시간 전에 손수 목에 둘러주었던 바로 그 목걸이라는 증언을 하자 분노의 웅성거림이 법정을 메웠다.

유스틴이 자기 변론을 할 차례가 되었다. 재판이 시작되기 전의 침착한 모습을 찾아보기 어려웠다. 증인들의 증언을 들으면서 그녀는 경악했고 공포에 사로잡혔다. 그녀는 눈물을 참으며 또렷하게 말했다.

"제게 한 점의 죄도 없다는 걸 하느님은 아십니다. 하지만 항변한다고 해서 제가 무죄로 풀려나지는 않겠지요. 그날 제가 무슨 일을 했는지 설명을 드릴 테니, 제 말을 듣고 재판관님들이 판단해주시기 바랍니다."

유스틴은 살인이 일어나던 날 밤, 엘리자베스의 허락을 받아 제네바에서 5킬로미터 정도 떨어진 셴이라는 마을의 숙모님 댁에서 저녁 시간을 보냈다고 했다. 9시쯤 돌아오던 길에 그녀는 한 남자를 만났는데 그가 윌리엄이 사라졌다며 혹시 못 보았느냐고 물었다. 이 말에 놀란 그녀는 밤새 아이를 찾아 헤매었고 성문이 닫히는 바람에 그날 밤을 어느 오두막에 딸린 헛간에서 보내야만 했다. 거기 사는 사람들은 평소에 알던 사람들이었지만 너무 늦은 밤이라 그들에게 말도 없이 그냥 헛간에서 보냈다는 것이었다.

새벽에 그녀는 다시 내 동생을 찾아 나섰다. 그녀는 우연히 윌리엄의 시신이 있는 근처로 가게 되었다. 그녀를 만난 장사하는 여인이 여기서 뭘 하느냐고 물었을 때 유스틴이 당황스러운 모습을 보인 것은 당연했다. 밤새 잠을 이루지 못했고 윌리엄을 아직 발견하지 못했다는 말에 놀랍고 걱정스러웠기 때문이었다. 하지만 초상화 목걸이에 대해 그녀는 아무 설명도 하지 못했다.

"저는 그게 어떻게 제 주머니에 들어가 있었는지 정말 알 수 없습니다. 살인자가 그 목걸이를 왜 거기 넣었을까요? 도대체 언제 넣은 걸까요? 그게 탐이 나서 훔쳤다면 왜 그걸 포기한 걸까요? 저는 정말로 아무것도 알 수 없어요."

몇 명의 증인이 더 소환되었다. 모두 그녀를 잘 알고 지내던 사람들이었다. 그녀에 대해 좋은 평을 내려주었지만 범죄에 대한 두려움인지 혐오 때문인지 자신 있는 태도가 아니었다.

보다 못한 엘리자베스가 법정에 발언을 요청했다.

"저는 살해당한 불쌍한 아이의 친누나나 다름없습니다. 그런 제가 슬픔을 무릅쓰고 피고를 변호하려 합니다. 그만큼 그녀의 심성을 제가 잘 알기 때문입니다. 제가 보는 그녀는 세상에서 가장 사랑스럽고 착한 사람이었습니다. 그녀는 제 어머니인 프랑켄슈타인의 병상을 그 누구보다 정성스럽게 간호했습니다. 그녀의 지극정성에는 누구나 감탄을 했습니다.

더욱이 그녀는 세상을 떠난 아이도 정말 사랑했습니다. 마치 어머니처럼, 친 누나처럼 그 아이를 돌보았습니다. 그 아이도 그녀를 정말 잘 따랐습니다. 저는 망설임 없이 말할 수 있습니다. 아무리 증거가 불리하더라도 전 그녀가 무죄라는 걸 믿습니다. 도대체 그런 짓을 할 이유가 없습니다. 증거물인 그 싸구려 장난감이요? 그녀가 갖고 싶어 했다면 제가 기꺼이 줬을 겁니다. 그녀는 너무 고결한 품성을 지닌 사람입니다."

사람들이 엘리자베스를 칭송했다. 하지만 유스틴에게는 유리할 것이 하나도 없었다. 대중들은 그렇게 자신을 믿는 엘리자베스에게 배은망덕을 저지른 유스틴에게 오히려 더 분노했고 그녀를 더욱 격렬하게 비난했다.

나는 유스틴의 무죄를 누구보다 확신하고 있었다. 나는 알고 있었다. 그 악마가 내 동생을 죽였다는 것을! 그놈이 도대체 왜 그런 짓을! 놀이 삼아 그 죄 없는 윌리엄을 죽음으로 몰아넣었단 말인가! 나는 대중은 물론이고 재판관까지 불행한 유스틴, 그 가엾은 희생자의 유죄를 확신하고 있음을 알고 괴로움에 법정 밖으로 뛰쳐나갔다. 내가 할 수 있는 일은 아무것도 없었다. 도대체 누구에게 진실을 말할 수 있단 말인가? 그 누가 내 말을 믿을 수 있단 말인가?

나는 이루 말하기 힘든 절망 속에서 하룻밤을 보냈다. 아침에 나는 혼자 다시 법정으로 갔다. 입술이 바싹바싹 탔다. 투표는 끝났다. 모두 검은 표를 던졌고 유스틴은 유죄판결을 받았다. 그때의 내 감정은 도무지 말로 표현할 길이 없다.

나를 본 법원 직원 한 명이 유스틴이 자기 죄를 자백했다는 말을 내게 해주었다. 짓지도 않은 죄를 자백하다니! 나는 참담한 심정으로 집으로 돌아왔다. 재판 결과를 궁금해하던 엘리자베스에게 내가 말했다.

"엘리자베스, 우리가 예상하던 대로 판결이 났어. 재판관들은 언제나 범인 한 명을 놓아주기보다는 무고한 사람 열 명의 희생을 바라는 법이야. 그 애가 자백을 했대."

그 말에 엘리자베스는 충격을 받았다.

"세상에! 내가 친자매처럼 사랑했던 유스틴이 어떻게 그런 짓을! 어떻게 그렇게 순수한 미소를 띠고 나를 배신할 수 있는 거지? 나쁜 짓이라고는 도저히 할 수 없는 눈길이었는데 살인을 저지르다니! 이제 어떻게 사람을 믿을 수 있겠어!"

얼마 후 그 불쌍한 희생자가 엘리자베스를 보고 싶어 한다는 전갈이 왔다. 엘리자베스는 나와 함께 그녀를 만나보자고 했다. 그녀를 보는 것은 미칠 듯 괴로운 일이었지만 엘리자베스의 청을 거절할 수는 없었다.

우리는 음침한 감방으로 들어갔다. 저 끝 짚더미 위에 앉아 있는 유스틴의 모습이 보였다. 손에는 수갑을 차고 있었으며 머리를 무릎에 거의 묻다시피 하고 있었다. 그녀는 우리가 들어오는 걸 보고 일어섰다.

간수가 나가고 우리만 남게 되자 그녀는 엘리자베스의 발아래 몸을 던지고 울음을 터뜨렸다.

엘리자베스도 함께 울었다.

엘리자베스가 말했다.

"오, 유스틴! 네가 내게서 마지막 위안을 빼앗아가버렸구나. 난 네 무죄만 믿고 있었는데……. 그 애가 죽었을 때도 지금처럼 참담하지는 않았어."

"아씨까지 제가 그렇게 나쁜 년이라고 믿는 건가요? 아씨까지 그 나쁜 놈처럼 저를 짓이겨버리시는 건가요?" 유스틴은 흐느끼느라 목이 메었다.

"일어나, 우리 불쌍한 아이. 죄가 없다면 왜 무릎을 꿇는 거니? 내가 다른 사람과 같다고? 아니야. 난 끝까지 네 결백을 믿었어. 그런데 네가 스스로 죄를 시인했잖니. 그게 거짓말이라는 거니? 유스틴, 나를 믿어도 좋아. 네 자백이 있기까지 한순간도 내 믿음이 흔들린 적은 없었어."

"네, 제가 자백하긴 했어요. 하지만 거짓말이었어요. 사면받을까 싶어서 자백했던 거예요. 자백하면 풀어준다고 했어요. 아아, 제가 그런 거짓말을 하는 죄를 짓다니! 고해 신부님도 나를 윽박질렀어요. 계속 고집을 피우면 제가 최후를 맞을 때 파문시키고 지옥 불에 던져버리겠다고 했어요. 사랑하는 아씨, 아무

제7장

**85**

도 저를 도와주는 사람이 없었어요. 제가 할 수 있는 건 아무것도 없었어요? 저는 거짓말이라는 죄를 저질렀어요. 이제는 정말 비참해졌어요."

그녀는 말을 멈추고 흐느꼈다. 잠시 후 그녀가 다시 말을 이었다.

"다정한 아씨, 생각만 해도 너무 무서웠어요. 아씨의 어머님과 아씨가 저를 얼마나 아껴주셨어요? 그런 이 유스틴이 악마와 같은 짓을 저질렀다고 아씨가 믿어버리면 어쩌나 하고 너무 겁이 났어요. 오, 우리 윌리엄! 세상에서 제일 예쁜 우리 아가! 이제 천국에서 곧 너를 만나게 되겠구나. 그곳에서 우리는 함께 행복하게 지낼 수 있을 거야. 아씨, 그 생각을 하면 좀 위로가 돼요."

"오, 유스틴, 한순간이라도 너를 믿지 못했던 나를 용서해줘. 아, 왜 자백을 했니? 내가 사방에 네 무죄를 알리고 다닐게. 아아, 그래도 너는 죽어야겠지? 내 친자매와 다름없는 네가! 아아, 이런 불행을 겪고 나도 살아날 자신이 없어. 나도 어머님과 어여쁜 윌리엄과 함께 죽었으면 좋겠어."

유스틴은 힘없이 웃었다.

"아씨, 체념은 할지언정 절망을 하시면 안 돼요. 저는 절망하

고 있는 게 아니에요. 아씨, 다른 이야기를 해주세요. 더 이상 절
비참하게 만들지 말고 평화를 가져다주는 이야기를 해주세요."

그녀들이 그런 대화를 나누는 동안 나는 감방 한구석에서 소
름끼치는 고뇌에 사로잡혀 있었다. 아아, 절망이라니! 누가 절
망에 대해 말할 수 있는가? 다음 날 삶과 죽음의 경계를 넘어
서게 될 저 불쌍한 희생자도 나만큼 쓰라린 고뇌에 시달리고
있지는 않았다. 내 입에서는 저절로 신음이 흘러나왔다.

그제야 나를 알아본 유스틴이 내게로 와서 말했다.

"도련님, 이렇게 저를 찾아주시다니 정말 친절하세요. 도련
님은 제가 유죄라고 믿지 않으시겠지요?"

나는 선뜻 대답할 수가 없었다. 그러자 엘리자베스가 대신
말했다.

"유스틴, 이 사람은 나보다도 더 굳게 네 무죄를 믿고 있어.
네가 자백했다는 말을 듣고도 믿지 않았어."

"정말 감사드려요. 제 생애 마지막까지 제게 친절을 베풀어
주시는 분들께 진심으로 감사드려요. 이제 평화로운 마음으로
떠날 수 있을 것 같아요. 사랑하는 아씨와 도련님께서 제게 죄
가 없다고 믿어주시니."

이 불쌍한 희생자는 죽는 순간까지 자신과 남들을 위로하려

애쓰고 있다! 그토록 바라던 체념을 얻을 수 있었던 것이다. 하지만 진짜 살인자인 나의 심장은 고뇌와 절망이 관통하고 있었다. 내 안에는 지옥의 불이 이글거리고 있었고 그 무엇으로도 그것을 끌 수 없었다.

우리는 유스틴과 함께 몇 시간을 더 보냈다. 엘리자베스는 그녀와 힘든 작별을 했다.

"차라리 너와 함께 죽었으면 좋겠어."

유스틴은 그녀를 꼭 안으며 벅찬 감정을 억누른 채 말했다.

"안녕, 다정한 아씨, 내 사랑하는 유일한 친구. 하느님의 축복이 늘 함께하기를 빌어요. 제발 이 일이 아씨가 겪는 마지막 고통이 되기를! 아씨, 행복하세요. 그리고 다른 사람들을 행복하게 해주세요."


다음 날 유스틴의 사형이 집행되었다. 엘리자베스의 감동적인 탄원도 받아들여지지 않았고 내 청원도 무시되었다. 나는 입가에까지 떠올렸던 고백을 기어코 할 수 없었다.

나는 엘리자베스와 아버지의 슬픔을, 그전에 그토록 명랑했던 집안 전체의 비탄을 이겨내기 힘들었다. 아아, 내가 바로 그 원흉이었던 것이다!

그래요, 아버지 슬퍼하세요. 눈물을 흘리세요. 당신의 아들, 당신의 사랑스러운 자식이 당신의 슬픔과 고통을 가져온 장본인이랍니다. 당신의 아들 윌리엄과 저 가엾은 유스틴은 저주받은 내 작품의 첫 번째 희생자들이랍니다.

# 제8장

11월, 유스틴은 죽고 나는 살아남았다. 그녀는 영면에 들었지만 나는 고통 속에 살아남았다. 나는 귀신처럼 방황했다. 내 건강은 다시 나빠졌으며, 나는 사람들을 피했다. 고독이 유일한 위안이었다. 죽음보다 더 깊고 어두운 고독.

아버지는 너무 달라진 내 모습을 보시고 나의 어리석음을 타이르셨다.

"빅토르, 이 아비도 너 이상 괴로운 걸 모르느냐? 하지만 너무 슬픔을 크게 드러내는 것은 옳지 않다. 산 사람은 살아야 하는 법이다. 지나친 슬픔은 남들에게도 피해를 주고 자기 자신에게도 피해를 준다."

지당하기 그지없는 충고였지만 내 경우에는 해당되지 않았다. 평소의 내 성격대로라면 내가 앞장서서 슬픔을 감추고 식구들을 위로했을 것이다. 하지만 지금은 아버지께 그러겠다고 대답한 후 최대한 아버지 눈에 띄지 않으려 애쓰는 게 고작이었다.

엘리자베스는 슬픔과 낙담에 젖어 있었다. 그녀는 이제 일상적인 일에서 즐거움을 찾지 못했다. 이제 그녀는 어린 시절 함께 호숫가를 거닐며 즐겁게 장래 계획을 이야기하던 행복한 존재가 아니었다. 그녀는 진중한 사람이 되어 변덕스러운 운명과 덧없는 인간의 목숨에 대한 이야기를 자주 꺼내곤 했다.

"빅토르, 이제 더 이상 이 세상을 전처럼 볼 수가 없어. 마치 낭떠러지 끝을 걷고 있는 나를 수천 명의 사람들이 심연으로 떠미는 것만 같아. 윌리엄과 유스틴은 살해당했는데 살인자는 세상을 자유롭게 활보하고 있겠지. 어쩌면 사람들의 존경을 받고 있는지도 몰라."

아아, 바로 내가 그자였다. 결과만 놓고 보면 진정한 살인자는 바로 나였다. 엘리자베스는 내 얼굴에 떠오른 가책의 기색을 읽고 내 손을 잡으며 말했다.

"사랑하는 빅토르, 진정하도록 해. 이번 일로 나도 엄청 충격을 받았어. 너도 알잖아. 하지만 너는 나보다 더 심한 것 같아.

제8장

**91**

네 얼굴에 절망감을 넘어서 무서운 복수심 같은 게 떠오르면 나는 너무 무서워. 너무 그렇게 어두운 생각에만 빠져 있지 마, 빅토르. 내가 네 곁에 있잖아."

그녀가 말을 하는 동안 나는 그 괴물이 그녀를 내게서 빼앗아갈지 모른다는 두려움에 떨며 그녀를 껴안았다. 아아, 이 세상 그 어떤 부드럽고 다정한 말도 두려움과 분노와 자책에 떠는 내 영혼을 달래줄 수 없었다.

그런 절망의 나날이 흘러 유스틴이 죽은 지 두 달이 되었다. 나는 홀연 알프스로 여행을 떠났다. 정말로 완전히 홀로 있고 싶어서였다. 아버지도 내가 마음의 안정을 되찾으려면 모든 것을 잊고 자연과 함께 지내는 것이 좋은 방법이라고 생각하고 기꺼이 허락을 해주셨다.

알프스가 가까워지고 어마어마하게 높은 산들, 까마득한 낭떠러지들, 바위 사이로 사납게 쏟아져 내리는 폭포들을 보게 되자 나는 슬픔이 완전히 사라지지는 않았지만 어느 정도 마음이 가라앉았다. 나는 펠레시에 다리를 건너 샤모니 협곡으로 들어섰다. 내 눈앞에 몽블랑이, 그 숭고한 산 몽블랑이 그 장엄한 둥근 봉우리를 자랑하며 모습을 드러냈다. 그러자 오랫동안 잊고 있던 환희가 내게 밀려왔다. 내 마음을 달래주는 상쾌한 바람이 불어왔다.

샤모니에 도착한 나는 숙소를 잡고 방에서 희미한 몽블랑산을 바라보았다. 베개에 머리를 묻자 천천히 잠이 찾아왔다. 나는 모든 것을 잊고 축복의 잠에 빠져들었다.

다음 날 아침에 일어나니 홍수처럼 비가 쏟아졌고 짙은 안개가 산맥 정상을 가리고 있었다. 나는 아침부터 이상하리만치 기분이 우울했다. 하지만 나는 몽탕베르산에 오르기로 한 애당초 계획을 감행하기로 했다. 옛날부터 비와 습기와 추위에 단단히 단련된 몸이었기에 큰 무리도 아니었다. 나는 위험을 무릅쓰고 산의 깎아지른 암벽을 올랐다. 소름 끼치도록 황량한 풍경이었다. 눈사태의 흔적들이 수없이 눈에 띄었다. 높이 올라갈수록 길은 자주 끊겼고 경사를 타고 돌들이 계속 굴러오고 있었다.

정오가 다 되어서야 나는 정상에 올랐다. 나는 한참 동안이나 빙원(氷原)을 내려다보며 앉아 있었다. 얼마 후 나는 빙하로 내려왔다. 가까운 거리에 몽블랑이 장엄하게 우뚝 솟아 있었다. 나는 이 압도적인 풍경을 하염없이 바라보았다. 슬픔에 가득 찼던 내 마음은 이제 환희 비슷한 감정으로 벅차올랐다. 나는 외쳤다.

제8장

"오, 떠다니는 정령들이여! 잠자지 않고 이 세상을 떠도는 정령들이여! 내게 잠깐 동안의 안식이라도 허락해주오! 아니면 차라리 나를 이 세상이 아닌 다른 곳으로 데려가주오!"

바로 그때였다. 저 멀리서 사람 형체 비슷한 것이 보였다. 그 형체는 믿을 수 없을 정도의 속도로 내게 다가오고 있었다. 그는 내가 조심스럽게 걸어서 건넜던 얼음 틈새들을 펄쩍펄쩍 뛰어 넘었다. 덩치가 사람이라고는 할 수 없을 정도로 컸다. 불안했다. 눈앞이 안개에 덮인 듯 흐려졌고 의식이 희미해지는 것 같았다. 그러다 갑자기 정신이 번쩍 들었다.

바로 그 괴물이었다. 내가 창조한 바로 그 괴물! 나는 분노와 공포로 몸이 부들부들 떨렸다. 하지만 나는 마음을 다잡고 놈과 목숨을 걸고 싸우리라 결심했다.

드디어 놈이 다가왔다. 그 얼굴 표정에는 경멸과 악의가 가득 담겨 있었다. 차마 눈뜨고 볼 수 없는 그 흉악한 몰골에 고뇌 비슷한 것이 서려 있는 것 같기도 했다. 나는 분노와 증오에 처음에는 말도 잘 나오지 않았다. 잠시 후 나는 마음을 가다듬고 그에게 분노의 목소리로 외쳤다.

"이 악당! 감히 내 가까이 다가오다니! 내가 네게 가할 복수의 일격이 두렵지도 않단 말이냐! 어서 썩 꺼져라, 이 더러운 놈아! 아니면 차라리 이 자리에서 내 발길에 짓밟혀 먼지가 되어버려라!! 아아, 네놈을 없애고 네가 살해한 희생자들의 목숨을 살릴 수만 있다면!"

그러자 괴물이 대답했다.

"예상하던 대로군. 인간들이 나같이 끔찍하게 생긴 존재를 얼마나 증오하는지 나는 이미 다 겪어서 알고 있다. 하지만, 당신, 나를 창조한 당신까지 나를 혐오하고 내치려 하다니! 나는 네 피조물이 아닌가! 우리는 둘 중 하나가 죽지 않는 한 절대로 끊어지지 않을 끈으로 엮여 있다. 나를 죽이겠다고? 넌 그런 식으로 생명을 가지고 장난을 쳤단 말인가! 너는 나에게 의무가 있다. 그 의무를 다하라. 그러면 나도 인간들에 대한 나의 의무를 다하겠다. 내 말을 받아들인다면 나는 당신과 인간들을 조용히 내버려두겠다. 하지만 거절한다면 네 친구들의 죽음과 피가 내 양식이 될 것이다."

나는 놈이 말을 할 수 있는 것을 보고 놀랐다. 저 괴물이 언제 말을 배웠단 말인가? 나는 여전히 분노에 차서 소리쳤다.

"더러운 놈! 네놈을 내가 창조했다고 나를 비난하는 거냐? 좋다. 가까이 와라. 내가 눈이 멀어 살려낸 그 생명의 불씨를 내 손으로 직접 꺼버릴 테니!"

제8장

나는 놈에게 달려들어 덮치려 했다. 놈은 가볍게 몸을 피하더니 말했다.

"진정하시지! 탄생부터 저주받은 내게 증오를 쏟아붓기 전에 내 말을 좀 들어보라고. 당신의 손을 빌릴 것도 없이 나는 이제까지 충분히 괴로움을 겪었어. 나는 내 생명을 지킬 것이다. 살아 있다는 것이 아무리 고통스럽더라도 내게 생명은 소중하다. 나는 내 생명을 쉽게 버리지 않겠다. 기억하라, 프랑켄슈타인! 너는 나를 너보다 강하게 만들었다는 것을. 하지만 너와 싸우고 싶지는 않다. 나는 너의 피조물이니까. 내 손으로 창조주에게 해를 가할 수는 없다. 대신 네가 내게 빚진 의무를 다 하기만 한다면 나는 너를 왕으로 고분고분 섬길 것이다.

프랑켄슈타인, 나는 당신의 관용과 사랑을 받아 마땅한 존재이다. 나는 당신의 아담이 되어야 하는데 타락한 천사가 되어 쫓겨나고 말았다. 그건 전혀 내 잘못이 아니다. 나는 자애롭고 선하게 만들어졌다. 불행이 나를 악마로 만들었다. 나를 행복하게 해주어라. 그러면 다시 미덕을 지닌 존재가 될 테니."

"사라져버려! 너는 내 적이고 원수일 뿐이야. 꺼져버려. 아니면 차라리 한쪽이 쓰러질 때까지 싸우든지!"

"진정하고 내 말을 들어라 프랑켄슈타인. 자기의 피조물이 이렇게 애원하는데도 귀를 막을 작정인가? 도대체 어떻게 해야 너의 마음을 움직일 수 있단 말인가? 네가 창조한 나는 처음에는 선한 존재였다. 내 영혼은 사랑과 박애로 빛났었다. 그러니 너는 잘못한 게 없다. 그런데 너희 인간들은 그런 나를 증오했다. 내 조물주인 당신이 나를 증오하는데 하물며 나머지 당신의 종족들은 어떠하겠는가! 나를 상대도 하지 않고 증오할 뿐이다. 이 황량한 산맥과 빙하들만이 내 안식처다. 이 황량한 자연만이 나를 반가이 맞는다.

나는 나를 증오하는 인간들을 봐줄 생각이 없다. 내가 불행하니 그들도 함께 불행해야 한다. 오직 당신만이 내 불행을 보상해주고 악행에서 구해줄 수 있을 뿐이다. 동정심을 가지라는 게 아니다. 그런 건 필요 없다. 단지 내 이야기를 들어달라는 것뿐이다. 살인자도 법정에서 최후진술을 하지 않는가? 제발 내 말을 들어라, 프랑켄슈타인! 살려달라고 하는 게 아니다. 내 말을 들어달라. 내 말을 들은 다음에 자기 손으로 만든 작품을 파괴하든지 말든지 마음대로 하라."

"어째서 내가 네놈을 만들었다는 걸 자꾸 기억나게 하는 거냐? 내가 눈이 멀었던 거다. 너는 혐오스러운 악마다! 네놈이 처음으로 빛을 본 날에게 저주가 내리기를! 나는 네놈을 빚어낸 손을 저주한다. 어서 꺼져버려! 지긋지긋한 그 모습을 제발 내 눈앞에서 치워버려!"

"정 그렇다면 좋다. 하지만 내 말은 들어주어야겠다. 그 이후 네가 판단해서 결정하라. 내가 인간 세계를 떠나 영원히 조용히 살게 될 것인지, 아니면 당신을 비롯한 인간들을 파멸시킬 악마가 될 것인지는 오로지 네게 달려 있다. 아주 이상하고 긴 이야기다. 이곳은 어울리지 않으니 산 위의 내 은신처로 가자. 지금은 해가 중천에 떠 있다. 해가 저 암벽들 뒤로 모습을 감출 때쯤이면 내 이야기를 다 들을 수 있을 것이다. 자, 따라와라."

나는 무거운 마음으로 그를 따라 빙원을 건넜다. 나는 처음으로 피조물에 대한 창조주의 의무에 대해 생각했다. 놈이 사악하다고 비난하기 전에 우선 그를 행복하게 해주어야 하지 않겠는가 하는 생각도 했다. 얼음판을 건너 맞은편 암벽에 올랐을 때 비가 내리기 시작했다. 우리는 함께 그의 오두막으로 들어갔다. 악마는 들떠 있었지만 내 마음은 무거웠고 침울했다. 나는 그의 이야기를 듣기 위해 내 기괴한 동반자가 피운 불가에 앉았다.

그러자 그가 자신의 이야기를 시작했다. 이제부터 들려주는 것은 괴물의 이야기다.

# 제9장

　처음 내가 태어나던 순간은 또렷하게 기억할 수 없다. 당시의 일들은 모든 것이 혼란스럽고 불분명하다. 처음에 내 모든 감각은 하나로 뒤섞여 있었다. 나는 동시에 보고 느끼고 듣고 냄새를 맡았던 것이다. 한참을 지난 후에야 여러 감각들을 분간할 수 있게 되었다.

　곧이어 나는 자유롭게 돌아다닐 수 있게 되었다. 빛이 점점 더 자극적으로 느껴졌고 열기 때문에 걷기가 힘들어 그늘이 있는 곳을 찾았다. 잉골슈타트 근처의 숲이었다. 시냇가에 누워 피로를 풀다보니 배가 고프고 목이 말랐다. 나는 열매들과 시냇물로 허기와 갈증을 달랜 후 누워서 잠에 빠져들었다. 어두워져서야 나는 잠에서 깨어났다. 나는 네 방을 나서면서 가지고 나온 옷을 입고 있었지만 추웠다. 나는 아무런 생각도 할 수 없었고 아무것도 구별할 수 없었다. 너무 어두웠기 때문이다. 단 하나 분간할 수 있는 것은 하늘에 떠 있는 달이었다. 나는 기분 좋게 그 달만을 바라보고 있었다.

그렇게 몇 날, 몇 밤이 흘러갔다. 나는 차츰 감각들을 따로따로 인지할 수 있게 되었다. 그와 함께 여러 생각들이 떠오르기 시작했다. 눈은 빛에 익숙해져서 사물의 형상들을 알아볼 수 있게 되었으며 새들의 노랫소리가 매혹적이라는 것도 느낄 수 있었다.

어느 날 추위에 떨고 있던 나는 떠돌이 거지들이 놓고 간 불을 발견했다. 나는 불로 몸을 덥혔고 그 불에 열매들과 뿌리채소들을 익혀 먹었다. 훨씬 맛이 있었다. 하지만 어쩌다 잘못해서 불이 꺼졌다. 나는 불을 피울 줄 몰랐다. 숲은 너무 추웠다. 게다가 먹을 것을 구하는 것도 점점 힘들어졌다.

나는 외투로 몸을 감싸고 저무는 해를 향해 숲을 가로지르기 시작했다. 사흘 동안 정처 없이 걷기만 했다. 그러자 확 트인 들판이 나타났다. 전날 밤 폭설이 내려 들판은 온통 흰색이었다. 아침 7시경이어서 음식과 쉴 곳이 절실했다. 마침내 오르막에 자리 잡은 오두막이 눈에 들어왔다. 문이 열려 있어 나는 안으로 들어갔다. 한 노인이 불가에 앉아 아침 식사를 준비하고 있었다. 그는 나를 보더니 비명을 질러대며 노인의 몸이라고는 상상할 수도 없이 빠르게 벌판을 가로질러 도망가는 것이었다.

나는 오두막 안을 살펴보았다. 너무나 안락해 보였다. 나는 양치기 노인이 남기고 간 아침 식사를 게걸스럽게 먹어치웠다. 빵, 치즈, 우유와 포도주였다. 다 먹고 나서 나는 짚더미에 누워 잠이 들었다. 내가 잠에서 깨어났을 때는 정오 무렵이었다. 나는 오두막에서 찾은 포대에 음식물을 집어넣고 길을 떠났다. 그리고 해질 무렵 어느 마을에 도착했다. 생전 처음 보는 그 마을의 모습은 내게는 마치 기적처럼 보였다. 마을에 자리 잡고 있는 오두막과 통나무집들, 위풍당당한 건물들이 모두 나의 눈길을 끌었다.

나는 아무 생각 없이 그중 마음에 드는 집에 들어갔다. 하지만 문간에 발을 들여놓기가 무섭게 아이들이 비명을 질렀고 안에 있던 여자가 기절했다. 마을 전체가 난리법석이었다. 도망치는 사람들도 있었고 나를 공격하는 사람들도 있었다. 나는 날아오는 돌멩이와 온갖 무기에 맞아 심하게 멍이 든 채 벌판으로 도망쳤다. 그리고 거의 벌거벗은 채 어느 빈 축사에 몸을 숨겼다.

다음 날 아침 나는 축사 바닥에 깨끗한 짚을 깐 다음 바깥을 살폈다. 저 멀리 사람들의 모습이 보였다. 이제는 더 이상 그들 앞에 모습을 드러내는 것이 두려워 나는 단단히 모습을 숨겼다. 다행히 전날 도망치면서 빵 한 덩어리와 시냇물을 떠먹을 수 있는 컵을 챙겼다.

그럭저럭 먹고 잘 곳을 마련한 나는 별일이 없는 한 당분간 이곳에 머물기로 마음먹었다. 전에 살던 황량한 숲에 비한다면 낙원과도 같았다. 기분 좋게 아침 식사를 한 후 물을 마시려는데 발걸음 소리가 들렸다. 비좁은 틈새로 밖을 내다보니 머리에 양동이를 인 젊은 여자가 축사 앞을 지나가고 있었다. 옷차림은 허름했지만 그때까지 내가 본 오두막에 사는 사람들이나 농장 하인들과는 몸가짐이 뭔가 달랐다. 그리고 얼굴에는 뭔지 알 수 없는 슬픔이 서려 있었다. 그녀는 곧 시야에서 사라졌다가 약 15분 후 우유가 반쯤 찬 양동이를 머리에 이고 다시 돌아왔다. 그녀가 돌아오자 젊은 청년이 그녀에게서 양동이를 받아들더니 둘이 오두막 안으로 사라졌다. 청년의 얼굴 표정도 우울했다.

나는 살그머니 축사 밖으로 나갔다. 오두막을 살펴보니 창문 하나가 널빤지로 막혀 있었다. 지금은 쓰지 않는 창문이 분명

했다. 그런데 널빤지 한 군데 눈에 띄지 않는 작은 틈이 나 있었다. 눈을 그 틈새에 갖다 대니 방 안이 보였다.

흰색 칠이 되어 있는 깨끗한 방이었지만 가구는 없었다. 방 한 구석에 노인이 앉아 있었다. 오두막을 부지런히 청소한 처녀가 노인 옆에 와서 앉자 노인이 악기를 집어 들고 연주하기 시작했다. 내가 숲에서 듣던 새들 노랫소리보다 더 달콤했다. 악기를 연주하는 노인의 얼굴에서는 인자함이 넘쳐났고, 처녀의 몸가짐은 너무나 얌전했다.

처녀를 바라보며 노인이 짓는 사랑이 가득한 미소, 그러나 무언가 슬픔이 어린 미소를 보고 나는 처음 느껴보는 강렬한 감정을 느꼈다. 고통과 즐거움이 뒤섞인 그런 느낌으로 굶주림이나 추위, 온기나 음식 등에서는 전혀 느끼지 못하던 감정이었다.

잠시 후 청년 한 명이 어깨에 장작을 한 짐 지고 밖에서 돌아왔다. 처녀가 문간으로 나가 그를 맞아들이더니 땔감을 오두막으로 가지고 들어가 불을 지폈다. 그런 후 셋은 함께 앉아 식사를 했다. 식사가 끝나자 처녀는 다시 오두막을 열심히 정리했고 노인은 젊은이의 부축을 받아 산책을 나갔다.

서로 부축하고 부축받는 두 사람의 모습은 정말로 보기에도 흐뭇했다. 백발노인의 얼굴에는 인자함과 사랑이 넘치고 있었으며 젊은이는 우아한 몸매에 섬세한 외모를 하고 있었다. 그러나 그 눈빛과 태도에서 무언가 모를 슬픔과 절망을 읽어낼 수 있었다. 잠시 후 노인은 오두막으로 돌아갔고 청년은 연장들을 들고 들판으로 나갔다.

어느새 밤이 찾아왔고 주변이 캄캄해졌다. 그런데 정말 놀랍게도 오두막 사람들은 촛불로 계속 낮의 밝음을 연장하는 것이 아닌가! 나는 해가 진 후에도 이들을 즐겁게 지켜볼 수 있다는 것이 기뻤다. 젊은 처녀와 젊은이는 여전히 이런저런 일을 하느라 바삐 움직였지만 나로서는 그게 무슨 일인지 이해할 수 없었다. 그사이 노인은 다시 악기를 연주했고 나는 또다시 매혹되었다. 잠시 후 젊은이가 노인에게 책을 읽어주었다. 물론 그게 책을 읽어주는 행동이라는 것을 당시의 나는 이해하지 못했다. 당시 나는 말이나 글에 대해서는 아무것도 알지 못했기 때문이다.

잠시 후 가족은 불을 끄고 각자의 방으로 돌아갔고 나도 잠자리에 들었다.

# 제10장

나는 짚더미에 누웠지만 잠을 이룰 수 없었다. 나는 내가 보았던 것들을 되새겨보았다. 내게 가장 큰 인상을 남긴 것은 그들의 온화함이었다. 나는 그들과 함께하고 싶은 생각이 간절했다. 하지만 전날 밤 사람들에게서 받은 대접을 생생하게 기억하고 있었기에 차마 용기가 나지 않았다. 나는 당분간 이 축사에 머물면서 차분히 그들을 지켜보기로 마음먹었다.

다음 날도 전날과 똑같이 흘러갔다. 젊은이는 쉬지 않고 밖에서 일했고 처녀는 집안의 힘든 일들을 처리했다. 노인은 악기를 연주하며 한가한 시간을 보내거나 깊은 생각에 잠겼다. 나는 그가 맹인이라는 것을 알게 되었다. 두 젊은 남녀는 노인을 사랑하고 존경했으며 노인은 인자한 미소로 그들을 대했다.

하지만 그들은 내 눈에 보인 그대로 행복한 것 같지는 않았다. 가끔 젊은이와 처녀가 남몰래 흐느끼는 모습도 눈에 띄곤 했다. 저렇게 행복한 사람들이 왜 저렇게 슬퍼할까? 나로서는 짐작도 할 수 없었다. 그러면서도 그들이 슬퍼하는 모습을 보면 내 마음이 흔들렸다. 그렇게 사랑스러운 사람들이 슬픔을 느낀다면 나처럼 불완전하고 외로운 존재가 비참한 것은 당연한 것 같기도 했다.

하지만 나는 도무지 그들이 불행을 느낀다는 것을 이해할 수 없었다. 내가 보기에 저렇게 쾌적한 집이 있고 온갖 호사를 다 누리고 있는데 뭘 더 아쉬워한단 말인가? 추울 때 몸을 덥혀줄 불도 있고 배가 고플 때 먹을 수 있는 맛있는 음식도 있으며 훌륭한 옷도 입고 있지 않은가? 사랑하는 사람끼리 정답게 지내는 데 뭐 그리 슬프단 말인가? 도대체 왜 눈물을 흘리는 것일까? 나는 도무지 답을 알 수 없었다. 하지만 관심을 갖고 오랜 시간 그들을 살펴본 결과 결국 그 이유를 알 수 있게 되었다.

상당한 시간이 흐른 뒤에야 이들이 불행을 느끼는 이유 중의 하나를 알아낼 수 있었다. 그것은 가난이었다. 그들은 참담하게 가난했다. 식량이라고는 텃밭에서 가꾸는 야채와 젖소 한 마리에서 나오는 우유가 전부였는데 그나마 겨울에는 소를 먹이기 힘들어 젖도 잘 나오지 않았다. 그러고 보니 젊은이들이 노인 앞에만 음식을 내놓고 자기네들은 굶는 것을 자주 볼 수 있었다. 그 사실을 알고 나서 나는 그들 음식을 훔쳐 먹는 일을 되도록 삼가고 근처 숲에서 구한 과일, 견과류, 뿌리채소로 허기를 메웠다.

또한 나는 그들을 돕기로 작정하고 밤마다 많은 땔감을 해오곤 했다. 연장은 젊은이가 쓰던 것을 사용했다. 처음 땔감더미를 마당에서 발견한 날 아침, 청년과 처녀는 놀란 표정을 지었다. 그날 청년이 숲으로 가지 않고 오두막을 고치고 텃밭을 가꾸는 모습을 나는 숨어서 흐뭇하게 지켜보았다.

시간이 흐르면서 나는 아주 중요한 발견을 했다. 그들이 말을 해서 소통한다는 것을 알게 되었던 것이다. 나는 그들의 말에 귀를 기울이며 배우려고 애를 썼다. 정말 쉽지 않은 일이었다. 그러나 엄청난 노력을 쏟은 결과 물건들 이름 몇 가지는 알게 되었다. 그중에 제일 먼저 배운 게 불, 우유, 빵 같은 것들이었다. 노인의 이름은 단 하나 '아버지'뿐이었고 처녀는 '누이', 또는 '아가타'라고 불렸다. 또한 젊은이는 '펠릭스' '오빠' '아들'이라는 이름을 썼다. 그리고 '좋은, 사랑하는, 불행한' 같은 말들도 분간할 수 있게 되었다.

나는 그곳에서 겨울을 보냈다. 오두막 사람들의 다정하고 온유한 말투와 행동 덕분에 나는 그들을 매우 좋아하게 되었다. 그들이 불행하면 나도 침울해졌고 그들이 기뻐하면 나도 기쁨을 느꼈다. 나는 그들 이외의 인간은 거의 보지 못하고 지냈다.

그 겨울을 지나면서 나는 그들이 나누는 말을 한결 많이 배울 수 있었다. 할 일이 그렇게 많지 않아 펠릭스가 노인과 아가타에게 책을 읽어주는 시간이 많아진 덕분이었다. 또 한 가지 절실하게 깨우친 것이 있었다. 나와 대조적인 그들을 살펴보면서 내가 얼마나 기형적으로 생겼는가를 깨닫게 된 것이었다.

나는 그들 식구들의 외모에 찬탄했다. 나에 비해 그들은 너무 완벽했다. 그 우아함, 아름다움, 섬세함에 저절로 감탄이 흘러나왔다. 그런데 물웅덩이에 비친 내 모습이란! 나는 내 모습을 보고 스스로 겁에 질렸다. 나는 깜짝 놀라 뒤로 물러섰다. 물에 비친 상이 정말로 나라는 것을 믿을 수 없었다. 내가 정말로 끔찍한 괴물이라는 것을 확인하자 나는 좌절과 울분에 사로잡혔다. 아, 하지만 이 참혹한 기형적 모습이 어떤 치명적인 결과를 낳을지 그때까지만 해도 정확하게 알지는 못했으니!

봄이 되어 날이 따뜻해지고 해가 길어지자 펠릭스는 좀 더 일이 많아졌다. 노인도 자주 산책을 나갔다. 축사에서의 내 생활은 똑같았다. 아침에는 오두막 사람들을 살펴보다가 그들이 일을 하러 흩어지면 잠을 잤다. 밤이 되어 그들이 쉬러 들어가면 나는 나의 일을 했다. 숲으로 가서 내 양식을 거두었고 그들의 땔감을 모았다. 그리고 펠릭스를 관찰하면서 배운 텃밭일도 했다. 그들은 당연히 놀랐다. 이런 일이 있을 때마다 그들은 '착한 요정' '기적' 같은 말을 내뱉곤 했지만 나는 그 뜻을 정확히 이해하지 못했다.

그들의 말을 어느 정도 배우게 되자 나의 사고가 활발해졌고 감정도 많아졌다. 나는 이 사랑스러운 존재들이 왜 그렇게 불행해하는지 알고 싶어졌다. 펠릭스가 왜 자주 우울한 표정을 짓는지, 아가타가 왜 그렇게 슬픈 얼굴을 하고 있는지 알고 싶어졌다. 그리고 행복해 마땅한 그들에게 다시 행복을 찾아줄 힘이 내게 있을지도 모른다고 생각했다. 아아, 나는 얼마나 어리석은 괴물이었던가! 나는 그들을 나보다 우월한 존재로 우러러보았고 내 장래의 운명이 그들 손에 달려 있다고 생각했다. 상상 속에서 나는 수천 번도 넘게 나를 그들에게 소개해보고 그들의 반응을 그려보았다. 처음에는 혐오감을 줄지 모르지만 내 부드러운 행동과 말로 그들의 호감을 얻게 되면 나중에 사랑받을 수도 있으리라 상상했다. 나는 그 생각에 고무되어 더

제10장

**109**

열심히 그들의 말을 배우고 익혔다.

완연한 봄이 되자 새들이 더 명랑하게 노래했고 나무에 새싹이 트기 시작했다. 행복하고 또 행복한 땅! 바로 얼마 전까지만해도 황량하기 그지없던 그곳이 이제는 낙원으로 바뀌었다. 자연의 매혹적인 풍경에 내 정신도 한껏 고양되었다. 나의 괴롭고 쓸쓸했던 과거는 기억에서 지워지고, 현재는 평온했으며 미래는 희망과 기쁨으로 빛나는 밝은 햇살에 대한 기대로 황금처럼 빛나고 있었다.

# 제11장

그러던 나를 근본적으로 뒤집어 버린 가장 비극적인 이야기를 서둘러 이야기하련다. 내 저 깊은 곳에 각인되어 있는 이야기! 과거의 나를 지금의 나로 만들어버린 그 비극적인 이야기!

봄이 무르익던 어느 날이었다. 오두막 사람들이 휴식을 취하고 있을 때 누군가가 문을 두드렸다. 문을 열자 시골 사람 안내를 받은 숙녀 한 명이 말을 타고 있었다. 그녀는 짙은 색 옷을 입고 있었으며 얼굴에는 두꺼운 검은 베일을 쓰고 있었다. 아가타가 뭔가를 묻자 낯선 여인이 다정한 말투로 펠릭스의 이름을 댔다. 펠릭스가 자신의 이름들 듣고 그녀 가까이 가자 그녀가 베일을 벗어던졌다. 내 눈앞에 천사처럼 아름다운 얼굴이 나타났다. 윤기 나는 칠흑빛 머리카락은 낯선 모습으로 땋아 늘어뜨리고 있었으며 검은 색의 두 눈은 생기가 넘치면서 부드러웠다. 피부는 기가 막히게 희었으며 양쪽 뺨은 분홍빛으로 사랑스럽게 물들어 있었다.

그녀의 얼굴을 보는 순간 펠릭스의 얼굴에 황홀경에 빠진 것 같은 기쁨이 떠올랐다. 이전까지 그의 얼굴에 떠돌던 슬픔의 그림자는 자취도 없이 사라져버렸다. 사람이 그렇게 기뻐할 수도 있다니, 나로서는 상상할 수도 없는 일이었다. 그녀도 감정이 북받치는 듯 눈물 몇 방울을 내비치며 펠릭스에게 두 손을 내밀었다. 펠릭스는 그 손에 열정적으로 입을 맞추더니 뭐라고 말했다. 내가 알아듣기로는 "나의 다정한 아라비아 여인"이라고 한 것 같았다.

그녀는 그의 말을 알아듣지 못하는 것 같았다. 하지만 얼굴에는 다정한 미소를 띠고 있었다. 펠릭스는 그녀가 말에서 내리는 것을 도와주고 안내자를 돌려보낸 후 그녀를 오두막으로 데려갔다. 펠릭스는 아버지와 몇 마디 대화를 나누었고 그 이방인 처녀가 노인의 발치에 무릎을 꿇고 입을 맞추려 하자 노인이 그녀를 일으켜 사랑스럽게 안아주었다. 그녀와 그들은 비록 말은 통하지 않았지만 몸짓과 신호로 의사를 나누었다. 그들 모두의 얼굴에는 기쁨의 빛이 가득했다.

그녀가 온 이후로도 이전과 같은 일과가 계속되었지만 한 가지 중요한 변화가 있었다. 친구들의 얼굴에서 슬픔이 사라지고 기쁨이 자리 잡았다는 사실이었다. 그녀의 이름은 사피였다. 그녀는 이 집에 행복을 몰고 온 천사였다. 그녀는 늘 쾌활하고 행복했다. 그녀는 그들과 지내면서 그들의 말을 배웠다. 덕분에 나도 체계적으로 그들의 말을 배울 수 있게 되었다. 그녀의 언어 실력이 급속히 늘어가면서 내 실력도 늘어, 두 달 정도 지난 다음에는 그들이 하는 말 대부분을 알아들을 수 있게 되었다.

말하는 능력이 향상되면서 나는 글자도 배웠다. 그녀가 글을 배우는 것을 숨어서 훔쳐본 덕분이었다. 펠릭스가 사피를 가르치기 위해 교재로 삼은 책은 프랑스 철학자 볼네의 『제국의 몰락』이었다. 이 책을 통해 나는 인간에 대해, 인간의 역사에 대해 알게 되었으며, 인간의 선과 악에 대해, 인간의 위대함과 추악함에 대해 알게 되었다.

오두막집 사람들의 대화를 들으면서 나는 매번 새롭고 경이로운 것에 대해 눈을 뜨게 되었다. 펠릭스가 아라비아 여인에게 들려주는 가르침을 통해 인간의 사회제도, 재산의 분배 문제, 막대한 부와 가난, 계급, 가문, 혈통 등에 대한 이야기도 들었다.

그중에 내게 가장 충격을 준 것은 혈통에 대한 이야기였다. 인간들이 가장 중시하는 자산 중의 하나가 바로 혈통이었다. 재산과 혈통 중의 하나만 갖고 있어도 존경받고 살 수 있지만 둘 다 없으면 아주 희귀한 경우를 제외하고는 하층에 머물 수밖에 없었다.

그렇다면 나는 무엇인가? 나의 탄생과 창조주에 대해 나는 아는 바가 전혀 없었다. 내가 돈도, 친구도, 재산도 없다는 건 알고 있었다. 게다가 나는 흉악하게 일그러진 추한 외모를 하고 있었다. 다만 나는 사람들보다 훨씬 민첩했고 건강했으며 키도 훨씬 컸다. 추위와 배고픔을 인간보다 훨씬 잘 견딜 수 있었다. 아무리 주위를 둘러보아도 나 같은 존재는 없었다. 그렇다면 나는 진정 지상의 한 점 얼룩 같은 괴물에 불과하단 말인가? 모든 사람들이 내게서 도망가고 나를 거부하는 그런 괴물에 불과하단 말인가?

이런 생각들이 나를 얼마나 괴롭혔는지는 도저히 말로 표현할 수 없을 정도다. 나는 우울한 생각들을 쫓아내려 했지만 그 무언가를 알아갈수록 내 슬픔은 커졌다. 오, 차라리 내가 있었던 그 숲에 영원히 머물렀더라면! 굶주림과 갈증과 더위 외에는 아무것도 느끼지 못하고 아무것도 몰랐더라면!

그 무엇을 안다는 것은 그 얼마나 묘한 것인가! 아무리 떨쳐 버리려 해도 떨어지지 않는 것! 마치 바위에 붙은 이끼처럼 우리의 정신에 들러붙어 있는 것! 나는 가끔 내 생각과 감정들을 모두 떨쳐버렸으면 하고 바라기도 했다. 하지만 알고, 생각하고, 느끼는 고통에서 벗어나는 길은 오로지 하나, 죽음뿐이라는 것을 알게 되었다. 또한 그것이 도대체 무엇인지도 모르면서 마냥 두렵기만 한 것, 그것이 바로 죽음이었다.

나는 오두막 내 친구들의 선량함을 우러렀고 그들의 다정함을 사랑했지만 그들을 만날 수는 없었다. 나는 그들에게 보이지 않는 곳에서 그들 모르게 그들을 훔쳐볼 뿐이었다. 그러면서 내 안에서는 그들과 함께 지내고 싶다는 열망만 점점 더 커져갔다. 아가타의 친절한 말, 아라비아 여인의 매력적이고 생기 넘치는 미소는 나를 위한 게 아니었다. 노인의 따뜻한 가르침과 펠릭스의 열정적인 말들은 나를 위한 게 아니었다. 아아, 나는 얼마나 비참하고 불행한 괴물인가!

내가 배운 것 중에 내 가슴을 두드린 것이 또 있었다. 바로 가족이었다. 부모가 자식을 얼마나 사랑하는지, 그 사랑을 자양분으로 삼아 아이가 어떻게 자라는지 배웠고, 그 아이가 자라면서 사람들과 어떻게 유대 관계를 맺게 되는지 배웠다.

그러나 내 친구와 친척들은 어디에 있는가! 내 요람을 흔들어준 아버지도 내게는 없으며 미소와 부드러운 손길로 나를 어루만져준 어머니도 내게는 없다. 전생의 내 삶은 시커먼 얼룩일 뿐이었고, 아무것도 분간할 수 없는 시커먼 빈 공간일 뿐이었다.

내 기억에 유년기는 없다. 나는 태어나는 순간부터 이미 지금과 똑같은 키와 덩치를 하고 있었다. 나를 닮은 존재도, 나와 관계가 있는 존재가 하나도 없었다. 과연 나는 무엇일까? 질문이 튀어나왔지만 대답이라고는 절망적 신음뿐이었다.

나의 이런 감정들이 어떤 식으로 흘러가게 되었는지는 나중에 이야기해주겠다. 우선은 오두막집 사람들의 이야기를 더 해야겠다. 그들의 사연을 알게 되면서 내게는 분노, 기쁨, 경이로움 등 온갖 감정들이 다 일었다. 그렇지만 결국은 내 보호자들을 더 사랑하고 존경하게 되었다. 그렇다. 나는 그들을 기꺼이 내 보호자들이라고 불렀다. 결국 스스로 자신을 속인 데 불과했지만 나는 그만큼 순수했던 것이다.

# 제12장

내 친구들의 사연을 알게 된 것은 한 참 시간이 흐른 뒤였다.

노인의 이름은 드 라세였다. 프랑스의 훌륭한 가문 출신이었다. 당연히 아들 펠릭스와 딸 아가타는 좋은 교육을 받았다. 재산도 있고 가문도 좋은 그들은 파리에서 행복하게 살고 있었다.

그런 그들이 졸지에 몰락하게 된 것은 바로 사피의 아버지 때문이었다. 그는 터키 상인이었다. 그런데 무슨 이유인지 모르지만 그가 프랑스 경찰에 체포되었다. 사피가 아버지와 함께 파리에 살기 위해 콘스탄티노플로부터 도착한 바로 그날이었다. 그는 사형선고를 받았다. 하지만 그가 결백한 게 명백했고 파리 전체가 분노했다. 그가 죄를 지었기에 체포된 게 아니라, 종교가 다르고 그가 부자이기 때문에 체포된 것이라고들 했다.

많은 사람들의 관심을 끌었던 재판이었기에 펠릭스도 참관했다. 정의감에 불타던 그는 판결을 듣고 분노했다. 그는 죄수를 구해야겠다고 결심했다. 그는 죄수를 몰래 밤에 찾아가서 자신의 계획을 이야기해주었다. 다행히 경비가 지키고 있지 않은 창문을 하나 발견한 것이다.

터키인은 놀랐다. 그는 펠릭스가 자기를 구출해주면 막대한 부를 주겠다고 약속했다. 펠릭스는 그런 것은 애당초 염두에 없었기에 사양했다. 그런데 그 순간 죄수의 딸 사피가 나타났다. 정식 면회를 허락받고 죄수 앞에 나타난 것이다. 그녀를 보는 순간 그는 한눈에 반해버렸다. 그 모습을 본 죄수는 자기를 구출해주면 딸을 그에게 주겠다고 말했다. 그의 결심을 흔들리지 않게 하려는 의도에서였다. 펠릭스는 그런 제안을 덥석 받아들이지는 않을 정도로 교양 있는 청년이었다. 하지만 행여 그렇게 된다면 정말 행복하리라는 기대는 품게 되었다.

그 후, 상인 구출 계획이 착착 준비되는 동안, 사피는 프랑스어를 할 줄 아는 하인의 도움으로 펠릭스에게 편지를 몇 통 보냈다. 펠릭스에게 감사하는 마음과 자신의 사연을 담은 편지였다. 그 편지를 통해 펠릭스는 더욱 열심히 구출 작전을 수행하게 되었고 사피를 향한 애정도 깊어졌다.

사피의 이야기에 따르면 그녀의 어머니는 기독교를 믿는 아랍인이었다. 터키인에게 잡혀 노예 신세가 되었다가 타고 난 미모 덕분에 사피 아버지의 사랑을 얻어 결혼할 수 있었다고 했다. 사피의 어머니는 그녀에게 기독교 정신을 가르쳤다. 사피는 어머니에게서 이슬람교 여성들에게는 금지된 지성과 독립심을 배웠다. 그녀의 어머니는 돌아가셨지만 정신은 그녀에게 고스란히 남았다. 사피는 하렘의 벽에 갇힌 채 유치한 오락이나 하면서 지내고 싶지 않았다. 기독교인과 결혼해서 여자의 권리가 보장된 사회에서 살고 싶었다.

　터키인의 사형집행일이 결정되었다. 하지만 그는 사형집행 바로 전날 펠릭스의 도움으로 감옥을 탈출해서 파리에서 수 십 킬로 떨어진 곳에 있었다. 펠릭스는 리옹을 거쳐 이탈리아 북부 항구도시 리보르노까지 그를 안내했다. 터키 상인은 그곳에서 터키령 어딘가로 들어갈 기회만을 노리며 적당한 때를 기다리고 있었다.

　그사이 터키인은 펠릭스에게 딸을 주겠다고 수차례 약속했고 펠릭스는 사피와 즐거운 시간을 가졌다. 둘은 통역의 도움을 받아 서로 이야기를 나누었고 사피는 고향 땅의 아름다운 노래들을 들려주기도 했다.

제12장

하지만 터키인의 속마음은 달랐다. 그는 자기 딸이 기독교인과 맺어진다는 게 끔찍하게 싫었다. 다만 겉으로만 내색을 하지 않았을 뿐이었다. 무사히 이곳에서 탈출하려면 여전히 펠릭스의 힘이 필요했기 때문이다. 그는 계속 속임수를 쓰다가 출국할 때 딸을 몰래 데리고 가겠다는 계획을 은밀하게 세우고 있었다.

한편 프랑스 정부는 터키인의 탈출을 도운 자를 색출하는데 온 힘을 기울였다. 펠릭스의 이름이 바로 밝혀졌고 그의 아버지 드 라세와 누이 아가타는 투옥되었다. 이 소식을 들은 펠릭스는 달콤한 꿈에서 깨어났다. 눈멀고 연로한 아버지와 사랑하는 누이가 감옥에 갇혀 있는데 자신만 이렇게 자유롭게 지내다니! 그는 즉시 터키인과 의논한 후 파리로 돌아갔다. 터키인은 자신이 출국하게 되더라도 사피를 리보르노의 수녀원에 맡기고 가겠다고 약속했다.

파리로 돌아가 자수한 펠릭스와 가족들은 다섯 달이나 감옥에 갇혀 있다가 재판을 받았다. 재판 결과 그들은 전 재산을 빼앗기고 고국에서 영원히 추방되었다. 그들은 독일의 오두막에서 비참한 삶을 이어가게 되었고, 그런 그들을 내가 발견하게 된 것이었다.

한편 고향으로 돌아가게 된 터키인은 먹고사는 데 보탬이 되라며 펠릭스 앞으로 돈 몇 푼만 남겼을 뿐이었다. 펠릭스 가족이 재산과 명예를 모두 잃은 것을 알고 그 가족을 배반한 것이다. 배은망덕도 이만저만이 아니었다. 이것이 내가 펠릭스 가족을 처음 보았을 때 그들이 슬픈 표정을 하고 있던 이유였다. 가난은 견딜 수 있었고, 미덕을 행한 결과 고난에 빠진 거라면 명예롭게 이겨낼 수도 있었다. 하지만 터키인의 배신은 견디기 어려웠고 더욱이 사랑하는 사피를 잃어버렸다는 사실은 펠릭스를 한없이 불행하게 만들었다. 그런데 바로 그 사피가 제 발로 그를 찾아온 것이다.

터키 상인은 콘스탄티노플로 가는 배에 몸을 실으면서 사피를 데려가지 못하고 리보르노에 남겨두었었다. 애당초 딸과 함께 출국할 예정이었지만 자신의 거처가 프랑스 당국에 발견되어 황급히 몸을 피해야 했기 때문이다. 그에게는 아직 리보르노에 도착하지 않은 자신의 재산이 있었다. 그는 심복 한 명과 사피를 남겨두고 그 재산이 도착하면 사피와 함께 터키로 보내라고 심복에게 명령했다.

사피는 터키로 돌아가고 싶은 생각이 전혀 없었다. 그녀는 우연히 손에 넣은 아버지의 서류를 통해 연인의 망명 소식을

제12장

알 수 있었고 그가 사는 곳이 어디인지도 알아냈다. 그녀는 자기 몫의 보석과 약간의 돈을 들고 하녀를 대동한 채 이탈리아를 떠나 독일로 온 것이었다.

불행히도 하녀는 도중에 병을 얻어 세상을 떠났고 사피는 마음씨 좋은 사람들의 도움으로 이곳에 도착할 수 있었다.

# 제13장

이것이 바로 내 친구들의 사연이다. 나는 그들의 사연을 다 알게 되자 감동을 받았다. 나도 그들처럼 미덕을 지니고 살아가겠다는 결심을 했다.

한 가지 또 중요한 이야기를 해야겠다. 어느 날 밤이었다. 내가 숲에서 내 식량과 내 친구들의 땔감을 해오다가 땅바닥에 가죽 트렁크가 떨어져 있는 것을 우연히 발견했다. 드레스 몇 벌과 책 몇 권이 들어 있었다. 나는 반갑게 전리품을 들고 축사로 돌아왔다.

다행히 책들은 내가 배운 프랑스어로 되어 있었다. 밀턴의 『실낙원』과 『플루타르코스 영웅전』, 괴테의 『젊은 베르테르의 슬픔』이었다. 나는 그 책들이 너무 반가웠다. 나는 그 책들을 읽으며 공부를 계속했고 마음을 닦았다. 베르테르는 내가 상상했던 그 누구보다 신성한 존재로 여겨졌으며 가식 없는 그의 태도에 깊은 감동을 받았다. 그 책을 읽으면서 나는 자주 베르테르 자신이 되었으며, 내 개인의 감정과 처지에 대해 더 많이 생각하게 되었다.

『플루타르코스 영웅전』은 내게 영웅들의 고결한 정신을 가르쳐주었다. 인간이 갖추어야 할 미덕에 대한 열망, 악에 대한 혐오가 그 책을 읽으면서 내 마음속에 무럭무럭 자랐다.

그렇지만 내게 훨씬 심오한 감정을 일깨워준 책은 『실낙원』이었다. 창조에 관한 이야기가 나 자신의 처지를 자꾸 돌아보게 했기 때문이다. 아담과 마찬가지로 나도 새롭게 창조되었다. 아담도 나도 창조 이전에는 이 세상에 없던 존재였다. 그러나 그의 상황은 모든 면에서 나와 달랐다. 신의 손으로 빚어진 아담은 완벽한 피조물이었다. 그는 조물주의 보살핌을 받아 행복과 번영을 누렸다. 그는 남들과 행복하게 어울리는 특권을 지닌 존재였다. 그러나 나는 비참한 존재였고 외롭기만 했다. 내 처지는 오히려 사탄과 잘 어울린다고 생각했다. 내 친구들의 행복한 모습을 보면서 나는 사탄처럼 그들을 질투할 수밖에 없었다.

그런 내 생각을 더 확실하게 해준 게 있다. 바로 당신이 나를 창조하기 넉 달 전부터 기록한 일지였다. 내가 당신의 실험실에서 가져온 옷에서 발견한 것이다. 거기에는 내 저주받은 탄생이 낱낱이 기록되어 있다. 불쾌하고 혐오스러운 내 몸에 대해 자세하게 묘사가 되어 있다. 자신이 느낀 공포를 생생하게 표현한 당신의 일지는 내 마음속에 지울 수 없는 공포를 심어주었다. 읽어가면서 나는 구토가 나오는 것을 참을 수 없었다.

나는 괴로움에 울부짖었다.

'나는 내가 생명을 얻은 그날을 저주한다! 저주받은 창조자여! 어찌하여 자기마저 역겨워 등을 돌릴 괴물을 창조했단 말인가? 신은 자신의 형상을 따라 인간을 아름답게 창조했다. 그런데 나는 당신의 더러운 면을 닮았고 그렇기에 더욱 끔찍스럽다. 나는 사탄보다 외롭다. 그에게는 그를 숭배하는 악마들이 있지만 나는 혼자다. 신은 아담을 위하여 이브도 만들었다. 그러나 나는 혼자다. 도대체 내 조물주는 어디 있단 말인가? 그는 나를 저버렸다.'

그런 나를 달래준 것은 오두막집 사람들의 덕성과 자애로운 성품이었으며 그들의 다정한 모습이었다. 내가 그들의 미덕을 얼마나 우러러보는지 그들이 알게 되면 내 기형적인 모습은 눈

제13장

**125**

감아줄 것이라고 애써 스스로를 타일렀다. 간절한 우정을 갈구하는 내 진심이 그들에게 전달될 수 있으리라고 믿었다. 내 진심을 알면 결코 문간에서 나를 내치지는 않을 것이라고 스스로 위안했다. 나는 내 운명을 결정할 그들과의 만남을 완벽하게 준비하기 위해 몇 달을 더 열심히 생각하고 공부했다. 실패에 대한 두려움에 내가 좀 더 지혜롭게 된 다음에 그들 앞에 나서고 싶었다. 그러면서 내 안에서 희망을 점점 키웠다. 나는 사랑하는 사람들에게 내 존재를 알리고 사랑받고 싶어 애가 달았다. 그들이 나를 향해 다정한 표정을 해주리라는 상상만 해도 심장이 쿵쾅거렸다. 그들이 공포에 질린 표정을 지으며 내게서 등을 돌릴 것이라는 생각은 감히 떠올리지도 못했다. 그리하여 그들이 서로에게, 또한 남들에게 보여주는 친절과 연민도 나의 몫이 될 것이라고 확신하기에 이르렀다.

겨울이 깊어졌고 내가 생명을 부여받은 지 사계절이 온전히 지났다. 내 온 신경은 나 자신을 오두막 보호자들에게 어떻게 소개할 것이냐에 쏠려 있었다. 아무리 생각을 해보아도 결국 눈먼 노인이 혼자 있을 때 집에 들어가기로 했다. 예전에 나를 보았던 사람들이 대경실색했던 것은 내 흉측한 외모 때문이었다는 것을 알 정도의 분별력이 내게는 있었다. 내 목소리는 거칠긴 해도 그렇게 무섭지 않았다. 자식들이 없을 때 드 라세 노인의 호감을 얻어놓으면 그가 중재를 해주어 젊은이들이 흉측한 내 외모를 참아내고 받아줄지 모른다고 생각했다.

모처럼 날씨가 좋은 어느 날 사피와 아가타, 펠릭스가 산책을 나갔고 집 안에는 노인 홀로 있었다. 혼자 남은 노인은 잠시 기타를 연주한 후, 깊은 생각에 잠겨 있었다. 내 심장은 심하게 두근거렸다. 내게는 심판의 시각이었다. 내 희망이 실현될지, 두려움이 현실로 나타날지 결정될 순간이었다. 오두막집 안과 주변이 모두 조용했다. 더없이 좋은 기회였다.

나는 두려움에 떨며 오두막 문으로 다가갔다. 문을 두드리자 노인이 누구냐고 묻더니 들어오라고 했다. 나는 안으로 들어가 노인에게 말했다.

"별안간 이렇게 찾아뵙게 되어 죄송합니다. 저는 지나가는 나그네이온대 잠시 휴식이 필요해서 결례를 저질렀습니다. 몇 분만이라도 불을 쬘 수 있게 해주시면 정말 감사하겠습니다."

그러자 드 라세가 말했다.

"어서 들어오시오. 필요한 게 있으면 얼마든지 도와드리리다. 하지만 아이들이 집에 없어서 음식을 대접하기는 어렵겠습니다. 보다시피 내가 앞을 보지 못해서."

"친절하신 주인장, 신경 쓰지 않으셔도 됩니다. 제게 필요한 건 온기와 휴식뿐이랍니다."

나는 자리에 앉았고 침묵이 계속되었다. 일분일초가 소중하다는 것을 알고 있었지만 어떤 식으로 이야기를 풀어가야 할지 도무지 알 수 없었다.

그때 다행히도 노인이 먼저 입을 열었다.

"손님 말투를 들어보니 우리 고국 사람인 것 같군요. 프랑스 분이십니까?"

"아닙니다. 하지만 프랑스 가족들에게 교육을 받아 프랑스어만 할 줄 압니다. 저는 지금 제가 진심으로 사랑하는 사람들에게 제 몸을 맡기러 가는 길입니다. 그들이 제게 호의를 베풀어 주기를 간절히 바라고 있습니다."

"그 사람들이 독일 사람들인가요?"

"아닙니다. 프랑스 사람들입니다. 저에 대해 말씀을 좀 드려도 되겠습니까? 저는 불행하고 버림받았습니다. 이 세상에 친척과 친구가 하나도 없습니다. 제가 지금 찾아가는 사람들은 저를 본 적도 없으며 저를 알지도 못합니다. 저는 두려움에 가득 차 있습니다. 그들이 저를 받아들여주지 않으면 저는 영원히 이 세계로부터 추방될 것이기 때문입니다."

"절망하지 말아요. 친구가 없다는 건 분명 불행한 일이지요. 하지만 인간의 마음은 본래 남들을 사랑하고 돕게 되어 있다오. 친구들이 선량한 사람들이라면 기대를 갖고 절망하지 말아요."

"정말 선량하고 친절한 사람들이지요. 이 세상에서 가장 훌륭한 사람들입니다. 그러나 불행히도 저에 대한 편견을 가지고 있습니다. 저는 선한 품성을 지니고 있습니다. 이제까지 남에게 해를 끼친 적도 없으며 어찌 보면 도움을 주기도 했습니다. 하지만 그들은 제 외모만 보고 저를 괴물처럼 여길지 모릅니다. 제 안에 들어 있는 선한 모습은 보지 못할지도 모릅니다."

"그 친구들이 지금 어디 살고 있나요?"

"이 근처입니다."

노인이 잠시 말을 멈추었다가 다시 입을 열었다.

"어디, 사연을 내게 이야기해보시오. 내가 그들에게 진실을 알려줄 수 있을지도 몰라요. 내가 눈이 멀어 볼 수는 없지만 당신 이야기를 들으니 진심이라는 걸 알 수가 있어요. 내 비록 가난한 망명자지만 남을 도울 수 있다면 어찌 망설이겠소?"

"정말 감사합니다. 노인장 말씀에 용기를 얻었습니다. 제가 인간 사회에서 쫓겨나지 않을 수도 있다는 희망이 생겼습니다."

제13장

"저런, 아무리 큰 죄를 지었더라도 그런 일이 있어서는 안 되지요. 나 역시 불행하긴 마찬가지라오. 나와 가족들은 죄가 없는데 벌을 받았소. 그러니 내가 손님의 불행에 어찌 공감하지 않을 수 있겠소?"

"어떻게 감사해야 할지 정말 모르겠습니다. 선생님은 제게 유일하게 은혜를 베풀어주신 분입니다. 저는 처음으로 저를 향해 던진 친절한 말씀을 들었습니다. 선생님을 뵈니, 제가 앞으로 만날 친구들도 저를 따뜻하게 맞아줄 것 같은 희망이 생깁니다."

"당신 친구들의 주소와 이름을 알려줄 수 없습니까?"

나는 잠시 아무 말도 하지 않았다. 모든 것이 결정될 순간이었다. 행복을 영원히 빼앗기든가, 품에 안든가 둘 중의 하나였다. 나는 그의 질문에 대답하려 했다. 하지만 허사였다. 이미 온몸의 힘이 다 빠져버린 상태였다. 나는 의자에 주저앉아 큰 소리로 흐느꼈다. 그 순간 젊은 보호자들의 발소리가 들렸다. 한순간도 지체할 수가 없었다. 나는 노인의 손을 잡고 외쳤다.

"아, 지금입니다. 바로 지금 이 순간입니다. 저를 구해주세요. 저를 보해호주세요. 내가 찾는 친구들은 바로 당신과 당신 가족이랍니다. 저를 버리지 말아주세요."

그러자 그가 놀라서 소리를 질렀다.

"오, 하느님 맙소사! 당신은 대체 누구인가요?"

바로 그 순간 오두막집 문이 열렸다. 그리고 펠릭스, 사피, 아가타가 들어왔다. 나를 본 그들의 얼굴에 떠오는 공포와 경악을 어떻게 표현할 수 있을 것인가? 아가타는 그 자리에서 기절했고 사피는 오두막 밖으로 뛰쳐나가버렸다. 펠릭스가 달려 들어와 노인의 무릎 밑에 매달려 있던 나를 초인적인 힘으로 떼어냈다. 그는 분노에 정신이 나가 있었다. 그는 순식간에 나를 덮쳐 바닥에 쓰러뜨리더니 지팡이로 강하게 내리쳤다. 나는 내 힘으로 그를 갈기갈기 찢어버릴 수도 있었다. 그 순간 내가 분노하고 있었다면 분명 그랬을 것이다. 그러나 나는 너무나 쓰디쓴 슬픔에 잠겨 있었다. 그가 다시 나를 지팡이로 내리 치려는 순간 나는 고통을 참지 못하고 울부짖으며 오두막집을 뛰쳐나와 축사로 돌아갔다.

# 제14장

저주받을지어다! 나를 창조한 자에게 저주를! 어째서 나를 살렸단 말인가? 어째서 바로 그 순간, 당신이 무모하게 불붙인 생명의 불꽃을 스스로 꺼버리지 않았단 말인가? 그러나 나는 아직 절망의 밑바닥까지 가지는 않았다. 나는 절망보다는 분노와 복수심에 사로잡혀 있었다.

밤이 되자 나는 은신처에서 나와 숲을 방황했다. 나는 무시무시하게 울부짖으며 내 괴로움을 토해냈다. 마치 올가미에 걸렸다 빠져나온 야수 같았다.

오, 얼마나 참담한 밤이었던가! 차가운 별들이 나를 조롱하듯 빛나고 있었고 벌거벗은 나무들이 머리 위에서 가지를 흔들어대고 있었다. 쥐죽은 듯 조용한 가운데 새들의 달콤한 소리가 들려오기도 했다. 나만 빼고 모두 휴식을 취하거나 즐기고 있었다. 나는 악마의 우두머리인 사탄처럼 내 안에 지옥을 품고 있었다.

이 세상에 존재하는 그 많은 인간들 가운데 나를 불쌍히 여기거나 도와줄 자는 아무도 없었다. 이제 그들은 모두 나의 적이었다. 내가 그들에게 따스한 온정을 느껴야할 이유가 전혀 없었다. 그 순간부터 나는 인류라는 종족 전체와 영원한 전쟁을 선포했다. 특히 나를 빚어내어 이 견딜 수 없는 불행의 도가니 속으로 던져버린 그자와의 전쟁을!

날이 밝았다. 사람들의 목소리가 들렸다. 이제 내 은신처로 다시 돌아갈 수는 없었다. 나는 무성한 나무 덤불 아래 몸을 숨기고 앞으로 어떻게 해야 할지 곰곰 생각해보았다.

상쾌한 햇살과 맑은 공기에 나는 어느 정도 마음의 평정을 되찾았다. 그리고 오두막에서 벌어진 일을 생각하며 스스로를 탓했다. 확실히 경솔한 행동이었다. 내가 한 이야기에 아버지가 호의를 보인 바로 그 순간에 그들이 들어오다니! 우선 드 라세 노인과 더 친숙한 관계가 된 후에 다른 식구들에게 내 존재를 알려야 했다. 그들이 마음의 준비를 할 여유를 주었어야 했던 게 아닌가? 나는 곰곰이 생각한 끝에 다시 노인을 찾아가 차분히 이야기해보리라 결심했다. 그를 납득시키고 확실하게 내 편으로 끌어들이기로 결심한 것이다.

밤이 되자 나는 오두막을 향해 발걸음을 옮겼다. 모든 것이 평화스러웠다. 나는 축사로 들어가 밤을 새우면서 가족들이 깨어나기를 기다렸다. 그러나 시간이 흘러 아침이 되어도 아무도 깨어나지 않았다. 불길한 예감이 들었다.

그때 시골 사람 두 명이 근처를 지나가는 것이 보였다. 그들은 오두막 근처에서 발걸음을 멈추더니 무엇인가 이야기를 나누었다. 프랑스어가 아니었기에 알아들을 수 없었다. 그때 펠릭스가 또 다른 사람 한 명과 그들에게 다가왔다. 펠릭스는 그 오두막에서 잠을 자지 않은 것이었다. 그들 중 한 명이 말했다. 내가 알아들을 수 있는 언어였다.

"다시 생각해볼 수 없나? 벌써 집세를 석 달치나 다 물지 않았나? 게다가 텃밭 작물들도 다 잃게 될 텐데. 내가 그런 부당한 이득을 보고 싶지 않으니 잘 생각해보게나."

"절대로 안 돼요. 더 이상 여기서 살 수 없어요. 아버지 목숨이 위험합니다. 아내와 여동생도 그 무서움을 절대 잊지 못할 거예요. 이 집을 그대로 비워드릴 테니 절 그냥 보내주세요."

펠릭스는 그 말을 하면서 몸을 부들부들 떨고 있었다. 그와 남자는 오두막에 함께 들어갔고 그 곳에 몇 분쯤 머물다가 떠나갔다. 그 후로 나는 그들 가족은 영원히 볼 수 없었다.

　내 보호자들은 떠났고 나와 세상을 이어주던 유일한 끈이 끊어졌다. 복수와 증오의 감정이 내 마음을 채웠으며 나는 그 감정들을 굳이 억누르려 하지 않았다.

　나는 텃밭의 농작물들을 흔적도 없이 망가뜨린 후 달이 지기를 기다려 작전을 개시했다. 밤이 깊어지자 맹렬한 돌풍이 불어왔다. 돌풍이 나를 휩쓸고 지나가며 내 영혼 속에 광기가 춤을 추었다. 그리고 내 영혼 속의 이성과 사고 능력을 모조리 파괴해버렸다. 나는 마른 나뭇가지에 불을 붙인 후 오두막 주위에서 미친 듯 춤을 추었다. 내 시선은 서쪽 지평선에 못박혀 있었고 달은 지평선에 살짝 걸쳐 있었다. 달이 지자 나는 큰 소리로 절규하며 짚단 덤불에 불을 붙였다. 오두막집은 순식간에 불길에 휩싸였다. 그렇게 집이 완전히 파괴된 것을 확인한 후에 나는 숲속으로 피신했다.

　이제 나는 어디로 발걸음을 옮겨야 하는 것인가? 어디로 가든 증오의 대상이 될 것이 뻔했다. 그때 바로 당신, 나를 창조한 당신이 내 머리에 떠올랐다. 내게 생명을 준 장본인 말고 누구에게 나를 맡길 수 있단 말인가? 나는 당신 일지를 읽고 당신

제14장

**135**

고향이 제네바임을 알고 있었다.

그러나 도대체 어느 쪽으로 방향을 잡아야 한단 말인가? 남서쪽으로 가야 한다는 것은 알았지만 너무 막연했고 아무런 길잡이도 없었다. 오로지 태양을 보고 짐작할 수밖에 없었다. 어떤 도시들을 거쳐야 하는지 그 이름도 알 수 없었고 그 누구 하나 붙잡고 물어볼 수도 없었다. 그러나 어쨌든 최후의 도움을 기대할 수 있는 사람은 오직 한 명, 바로 당신뿐이었다.

물론 당신에게 애정을 가지고 기대를 한 것이 아님은 알 것이다. 나는 당신에게 증오 외의 다른 감정을 느낄 수 없었다. 아무런 감정도 없고 마음조차 없는 나의 조물주! 내게 지각할 수 있는 능력과 감정을 주고 나서 나를 이렇게 내쳐버리다니! 모든 사람들에게 경멸과 혐오감을 주게 만들어놓고 나 몰라라하다니! 하지만 어쨌든 동정심과 보상을 요구할 사람은 당신뿐이었다.

정말 긴 여행이었고 그간 겪은 고생은 이루 다 말로 표현할 수 없다. 나는 늦가을에 내가 살던 곳을 떠났다. 인간의 얼굴을 마주치는 것을 피하려고 밤에만 여행했다. 그사이 비와 눈이 내렸고 강물은 얼어버렸다. 땅 표면은 온통 딱딱하고 차갑게 얼어붙어 있어 도무지 쉴 곳을 찾을 수 없었다. 나는 나의 탄생에 대해 얼마나 자주 저주를 퍼부었는지 모른다. 부드러웠던 본성은 사라지고 내 내면은 온통 울분과 분노로 가득했다. 당신이 살고 있는 곳에 가까이 올수록 내 심장에서 복수의 열기가 치솟았다.

이윽고 봄이 되었다. 온화한 햇살과 향기로운 공기 덕분에 내 마음마저 어느 정도 명랑해졌다. 영영 죽어버린 줄 알았던 부드러운 감정도 되살아났다. 나는 스스로도 놀라워 그 감정이 이끄는 대로 자신을 맡기기로 했다. 따뜻한 눈물이 다시 내 뺨에 흘러내렸고 심지어 이런 기쁨을 선사해준 태양을 향해 감사의 인사를 건네기도 했다.

숲속 오솔길을 구불구불 계속 걷다보니 나는 어느새 숲이 끝나는 곳에 다다랐다. 옆으로 깊은 강물이 흐르고 있었고 나무들에는 새싹들이 파릇파릇 돋아나 있었다. 어디로 가야 할지 망설이고 있는데 사람들 목소리가 들렸다. 나는 노송나무 뒤에 몸을 숨겼다. 어떤 처녀가 깔깔 웃으며 내가 숨어 있는 곳으로 달려왔다. 사람들과 장난을 치고 있는 것 같았다. 순간 그녀가 발을 헛디뎌 급류에 빠지고 말았다. 나는 황급히 강물에 뛰어들어 세찬 급류와 싸운 끝에 그녀를 구해 강변으로 끌고 올라왔다.

제14장

**137**

여자는 의식을 잃고 있었고 나는 모든 수단을 다해 그녀를 살려냈다. 바로 그 순간 한 시골 청년이 다가왔다. 나를 보자 그는 나에게 달려들더니 여자를 내 품에서 억지로 떼어내어 숲속으로 황망히 달려가버렸다. 나는 나도 모르는 힘에 이끌려 재빨리 그를 따라갔다. 그러자 남자는 총을 내게 겨누더니 방아쇠를 당겼다. 나는 땅바닥에 쓰러졌고 내게 상처를 입힌 자는 숲속으로 완전히 사라졌다.

이것이 내가 베푼 은혜에 대한 보상이라니! 한 인간을 죽음에서 구해냈는데 나는 뼈와 살에 고통스러운 상처를 입고 땅바닥을 뒹굴어야만 했던 것이다. 그러자 바로 얼마 전에 찾아왔던 온유한 감정이 어디론가 사라지고 분노와 복수심만 남았다. 나는 이빨을 앙다물었다. 나는 인간 전체를 향한 복수심에 불타올랐으며 그 불을 절대로 꺼뜨리지 않으리라 다짐하고 또 다짐했다.

나는 몇 주일 동안 숲속에서 상처를 치료하며 비참한 목숨을 연명했다. 총알은 어깨를 파고들었는데 관통을 했는지 몸에 박혀 있는지 알 수 없었다. 몸에 박혀 있더라도 총알을 빼낼 도리가 없었다. 나는 괴로움에 신음하면서 날마다 복수를 다짐했다. 내가 당한 부당하고 억울한 대접에 대한 복수를!

몇 주가 지나자 겨우 상처가 나았고 나는 여행을 계속했다. 그리고 두 달 후 나는 제네바에 도착했다. 저녁 무렵이었고 나는 피로와 굶주림에 짓눌려 있었다. 나는 제네바 근교 들판에 누워 얕은 잠에 빠져 있었다. 그때 한 어린아이가 장난을 치며 내가 있는 곳으로 달려오는 바람에 잠에서 깨어났다. 그 애를 보니 갑자기 좋은 생각이 떠올랐다.

'그래, 저 애는 아직 어리니까 편견이 없을 거야. 이상하게 생긴 것을 보고도 무서워할 만큼 오래 살지도 않았잖아. 저 애를 붙잡아 교육시켜 친구로 삼으면 쓸쓸함에서 벗어날 수도 있을 거야.'

나는 아이를 붙잡아 끌고 왔다. 아이는 내 모습을 보자마자 두 손으로 얼굴을 가리고 비명을 질러댔다. 나는 아이를 부드러운 말로 달랬다. 그러자 아이가 소리를 질렀다.

"놓지 못해! 이 괴물아, 나를 잡아먹으려는 거지! 넌 사람 잡아먹는 도깨비지? 놔주지 않으면 우리 아버지한테 이를 거다."

"꼬마야, 넌 이제 네 아버지를 볼 수 없어. 나랑 가야 해."

"이 괴물아, 날 놔줘. 우리 아빠는 평의원이란 말이야. 프랑켄슈타인 의원님이라니까. 나를 잡아가면 아버지가 너를 벌주실 거야."

제14장

**139**

프랑켄슈타인! 이 무슨 우연이란 말인가! 나는 분노에 사로잡혀 계속 욕설을 퍼붓는 아이의 입을 막으려고 목덜미를 잡았다. 잠시 후 그 애는 죽어서 바닥에 누워 있었다.

내가 죄책감을 느꼈느냐고? 천만의 말씀. 비록 고의는 아니었지만 내 손으로 죽인 희생자를 바라보고 있자니 환희와 더불어 승리감에 가슴이 부풀었다. 더욱이 그는 나의 원수 가문이 아니던가! 나는 속으로 부르짖었다.

'그래 나도 그에게 절망을 안길 수 있다! 이 아이 죽음으로 그는 절망에 빠질 것이고 앞으로도 얼마든지 그럴 수 있으리라! 나만 절망에 빠져 있을 이유가 없다.'

나는 꼼짝 않고 아이를 바라보고 있었다. 그런데 그 아이의 목에서 뭔가 반짝이는 것이 눈에 띄었다. 정말로 어여쁜 여인의 초상이었다. 처음에는 그 초상을 보고 마음이 부드러워지는 것 같았지만 나는 곧 분노에 휩싸였다. 나는 그런 아름다운 존재가 선사하는 기쁨을 영원히 누릴 수 없다는 사실을 새삼 깨달은 것이다. 저 아름다운 얼굴도 나를 보면 공포로 일그러지겠지. 나는 목걸이를 내 손에 넣었다. 그리고 좀 더 은밀한 은신처를 찾았다.

그때였다. 한 젊은 여자가 근처를 지나는 게 보였다. 초상화 속 여인처럼 아름답지는 않았지만 호감이 가는 인상이었다. '저 얼굴에 피어오르는 미소는 정말 귀엽겠구나' 하는 생각이 들었다. 그러나 그 미소는 결코 나를 위한 것이 아니리라. 나를 제외한 사람들을 위한 것이리라. 그 미소를 없애고 싶었다. 나는 몰래 여자에게 다가가 초상화 목걸이를 그녀의 드레스 주름 사이에 잘 끼워 넣었다.

나는 며칠 동안 그 현장을 계속 찾아갔다. 당신을 만나기 위해서였다. 당신을 만나서 협상하기 위해서였다. 그때는 못 만났지만 마침내 이렇게 당신을 만났다. 나는 당신이 내 요구를 들어주겠다고 약속할 때까지 결코 당신을 떠날 수 없다.

내 요구가 뭐냐고? 이제 말해주겠다. 나는 외롭고 불행하다. 사람들은 나와 절대로 어울리지 않는다. 그러나 나처럼 추악하고 기형적인 존재가 이 세상에 하나만 더 있다면 그 존재는 나와 어울릴 것이다. 그 존재는 결코 나를 거부하지 않을 것이다. 미래의 내 동반자는 나와 똑같은 종족이어야 하고 나랑 똑같이 추악해야 한다. 당신이 그런 존재를 또 하나 창조해 내게 주어야 한다.

# 제15장

　괴물의 긴 이야기는 여기까지였다. 그는 이야기를 마치자 내 대답을 기다리는 듯 나를 물끄러미 쳐다보았다. 하지만 나는 그가 무슨 제안을 하는 건지 금방 알아차리지 못했다. 그만큼 나는 혼란스러웠다. 그가 말을 이었다.

　"왜 가만히 있는가? 나를 위해 여자를 만들어달라는 말이다. 나와 공감하며 함께 살아갈 존재를 만들어달란 말이다. 이건 당신만이 할 수 있는 일이다. 당신이 거절할 수 없는 정당한 내 권리를 주장하는 것이다."

　그 말을 듣자, 그가 오두막집 사람들 이야기를 할 때 잠시 수그러졌던 내 분노가 다시 치솟았다. 나는 그에게 고함치듯 말했다.

"나보고 그런 잘못을 또 저지르라고? 거부하겠다. 둘이 합심하여 세상에 악행을 저지르는 꼴을 두고 보라고? 날 얼마든지 고문해보아라. 나는 결코 네 요구에 응하지 않을 거다."

"잘못 생각하고 있군. 나는 당신을 협박하는 게 아니라 설득하고 있는 거다. 내가 악하다고? 내가 본래 악한 존재였던가? 내가 사악해진 건 오로지 내가 외롭고 불행한 존재이기 때문이다. 모든 인간이 나를 증오하고 피하려 하지 않는가? 하물며 나를 창조한 당신도 나를 없애려 한다. 그런데 내가 왜 인간을 존중해야 한단 말인가?

그들이 나를 존중해준다면 나도 감사해하며 그들을 도울 것이다. 하지만 그건 불가능하다. 인간과 나 사이에는 넘을 수 없는 장벽이 있다. 나를 보기만 해도 두려워 벌벌 떠는 그들의 감각, 그것이 바로 장벽이다. 그렇다고 나는 노예처럼 굴종하며 살지는 않을 것이다. 나는 내가 받은 상처를 돌려줄 것이다. 무엇보다 당신을 향한 증오는 영원히 사라지지 않을 것이다. 당신이 파멸하기 전까지 나는 결코 사라지지 않으리라는 것을 분명하게 말해준다.

하지만 내게 반려자를 만들어준다면 나는 그 증오를 버리고 세상과 단절된 채 살아가겠다. 우리 둘만 서로 아끼고 사랑하며 살아가겠다. 나는 기꺼이 그 정도 행복에 만족하겠다. 그러니 창조주여! 나를 행복하게 해다오. 내가 다른 존재에게 연민의 정을 불러일으킬 수 있다는 것을 진정으로 확인하고 싶다. 제발 내 청을 거절하지 말아다오."

나는 마음이 흔들렸다. 또 하나의 괴물을 만든다는 생각에 전율이 흘렀지만 괴물의 논조에는 정당성이 있었다. 내 감정의 변화를 눈치챈 그가 이어서 말했다.

"당신이 내 청을 받아들인다면 우리는 결코 인간들 사이에 나타나지 않겠다. 남아메리카건 어디건 사람이 없는 광활한 황야로 가겠다. 우리는 도토리와 나무 열매만으로도 얼마든지 살아갈 수 있다. 나는 평화로운 제안을 당신에게 하고 있는 중이다. 그 제안을 거절한다는 것은 잔인한 짓이다. 지금까지 내게 동정심이라곤 전혀 없었던 당신이 내게 자그마한 연민을 느끼기만 하면 된다. 그 순간 내 사악한 감정은 사라질 것이고 내 삶은 조용히 흘러갈 것이다. 죽는 순간에도 나는 내 창조주를 저주하지 않을 것이다."

그의 말을 듣자 그를 향한 동정심이 일었고 그를 위로해주고 싶은 마음까지 생겼다. 하지만 흉측한 그의 모습을 보자 다시 공포와 증오가 되살아났다. 나는 그에게 말했다.

"인간에게 해를 끼치지 않겠다고 맹세한단 말이지? 하지만 너는 이미 끔찍한 범죄를 저지르지 않았는가? 네 요구가 더 큰 복수를 위한 음모가 아니라는 것을 어찌 믿을 수 있단 말인가?"

"당신은 정말 바보인가? 나를 부드러운 존재, 선한 존재로 만들 수 있는 유일한 방법을 거절한단 말인가? 어떤 사랑도 누릴 수 없다면 내게 남는 건 오로지 증오와 악뿐이다. 누군가를 사랑하게 되면 내 안의 모든 분노는 사라질 것이다. 내가 애당초 지니고 있던 미덕들이 다시 나타나게 될 것이다."

나는 잠시 생각에 잠겼다. 그리고 탄생 초기 그가 보였던 미덕의 가능성과 그 미덕이 사라지게 된 원인들에 대해 곰곰이 생각했다. 그리고 그가 지닌 막강한 힘도 생각했다. 나는 순순히 그의 요청에 따르는 것이 인류 모두에게 득이 되리라는 결론을 내렸다. 나는 그에게 말했다.

"좋다. 네 요구에 응하겠다. 동반자가 되어줄 여자를 넘겨받자마자 인간들로부터 멀리 떨어진 곳으로 가겠다는 맹세만 해준다면."

"맹세한다. 태양과 저 하늘에 대고 맹세한다. 당신이 내 기도를 들어준다면 나를 다시 보는 일은 없을 것이다. 집으로 가서 일을 시작해라. 내가 진척 상황을 지켜볼 것이다. 당신이 준비가 되었을 때 나타날 것이니 아무 걱정 마라."

말을 마친 그는 금방 내 시야에서 사라졌다. 아마 내 마음이 바뀔까봐 두려워 황급히 사라진 것 같았다.

나는 꼬박 하루 동안 그의 이야기를 들은 셈이었다. 샤모니 마을에 도착하기 전에 아침이 밝았다. 나는 다음 날 제네바로 돌아갔다. 내 가족은 초췌한 모습으로 돌아온 나를 보고 모두 놀라며 걱정스러워했다. 내 마음은 악마와의 약속에 무겁게 짓눌려 있었다.

# 제16장

제네바로 돌아온 후 여러 주일이 흘러갔지만 일을 시작할 엄두가 나지 않았다. 실망한 악마의 복수가 두려우면서도 작업에 따르게 될 혐오감을 이겨낼 자신이 없었다. 여자를 만들려면 몇 달 동안 힘든 연구와 조사가 필요하다는 것을 나는 알고 있었다. 어느 영국 철학자가 몇 가지 중요한 발견을 했다고 들었으며 그 내용이 내 작업에 결정적으로 필요했다. 그 목적으로 영국을 여러 번 방문할 결심을 했지만 속으로 이런저런 핑계를 만들며 정작 실행에 옮기지는 못하고 있었다.

어쨌든 나는 건강도 많이 회복되었고 우울감에서도 어느 정도 벗어나 있었다. 그런 내 모습을 보고 아버지는 매우 기뻐하셨다. 그러던 어느 날 아버지가 나를 따로 불러서 말씀하셨다.

"빅토르, 네가 본연의 모습을 다시 찾은 것 같아 기쁘구나. 하지만 가끔 우울한 모습을 보이는 것 같은데 나는 네가 다시 행복한 모습을 완전히 찾기를 바란다. 그러려면 내가 늘 고대해오던 것을 성사시키자꾸나. 엘리자베스와 네가 결혼하기를 바란다. 둘은 서로 아끼고 사랑하는 게 틀림없다. 그리고 둘은 정말 어울리는 부부가 될 수 있다고 나는 생각한다. 아들아, 내가 네게 무리한 말을 하는 것은 아니지?"

"아버지, 절대로 아니에요. 저는 엘리자베스를 진심으로 사랑하고 있습니다. 저는 제 미래의 희망을 오로지 우리의 결혼에 걸고 있습니다."

"사랑하는 빅토르, 네 마음을 솔직히 이야기해주어서 한없이 기쁘다. 그렇다면 언제쯤 결혼하는 것이 좋겠니? 애비가 강요한다고는 생각하지 말고 솔직한 네 생각을 말해주렴."

나는 한동안 아무 대답도 하지 못했다. 엘리자베스와 당장 결혼한다는 것은 곧 공포와 절망을 의미했다. 나는 아직 지키지 못한 맹세에 얽매인 몸이었다. 엘리자베스와 결혼을 하려면 괴물과의 맹세를 지켜야 했다. 만일 맹세를 지키지 않은 채 그녀와 결혼한다면? 그 괴물은 내게 복수를 할 것이고 그것은 곧 내가 사랑하는 그녀를 불행에 빠뜨리는 일이었다. 내 결혼

프랑켄슈타인

은 그녀에게 기쁨을 주기는커녕 불행을 안기는 일이 될 수 있었다. 나는 두려움에 몸을 떨 수밖에 없었다. 그녀와 결혼하여 행복한 미래를 설계하려면 그 괴물을 자기 짝과 함께 어디론가 멀리 가도록 해야만 했다.

나는 영국으로 가기로 결심했다. 그곳에서 괴물의 짝을 만들리라고 결심했다. 나는 아버지께 영국 방문 계획을 말씀드렸다. 진짜 이유는 감춘 채 결혼하기 전에 세상을 두루 보고 싶다는 핑계를 댔다. 내 간절한 청에 아버지가 동의를 해주셨다. 엘리자베스는 갑작스러운 내 여행 계획에 의아해했지만 언제나 그렇듯이 선선히 내 계획을 받아들이면서 내가 행복하기만 빈다고 말했다.

나는 곧바로 계획을 세웠다. 나는 우선 스트라스부르로 가서 클레르발과 합류하기로 했다. 그런 후 네덜란드 몇 도시에서 잠시 시간을 보내고 나서 그와 함께 영국에 체류할 계획이었다. 아버지께는 2년 정도 걸릴 거라고 말씀드리고 귀국한 후 엘리자베스와 결혼하겠다고 했다.

이윽고 나는 여행 채비를 마친 후 출발했다. 하지만 나는 불안했다. 내가 없는 사이 괴물이 무슨 짓을 저지를지 몰라서 더 불안했다. 하지만 놈은 나를 어디까지나 쫓아올 것이다. 내가

제16장

**149**

이곳에 없다는 것은 우리 가족이 안전하다는 뜻이 아니겠는가? 그 생각을 하니 안심이 되기도 했다.

나는 장거리 여행 끝에 스트라스부르에 도착해 클레르발을 기다렸다. 이틀 후 그가 스트라스부르에 도착했고 우리는 오랜만에 다시 만났다. 그는 전과 다름없이 시인과 같은 감수성을 여전히 지니고 있었다. 그는 일몰의 아름다움에 감탄했고 해가 뜨면 행복한 마음으로 새날을 맞이했다. 그에 반해 나는 의기소침했고 슬픔에 젖어 있었다. 침울한 생각에 빠진 내게 별이 떠 있는 밤하늘도, 라인 강의 화려한 일출도 눈에 들어오지 않았다.

우리는 로테르담까지 보트를 타고 내려간 뒤, 배를 타고 런던으로 가기로 했다. 여행을 하는 동안 울적하고 침울하던 나도 기분이 좀 좋아졌다. 더욱이 내 옆에는 열정에 불타며 자연을 예찬하는 클레르발이 있지 않은가? 감수성이란 곁의 사람에게도 영향을 주는 법, 그와 함께 지내다보니 나도 그의 열정을 함께 느낄 수 있는 것 같았다. 그는 자연 경관에 단순히 감탄만하는 것이 아니라, 진정으로 열정을 쏟아 자연을, 세상을, 사람들을 사랑했다.

아아, 그런데 그는 지금 어디 있는가? 그 온화하고 사랑스러운 존재가 영영 사라져버렸단 말인가! 언제나 새로운 생각들로 넘쳐흐르고 화려한 상상력으로 새로운 세계를 만들곤 하던 클레르발! 아아, 그대는 내 기억 속에서만 살아 있단 말인가? 아니다. 비록 네 육신은 사라졌지만 네 영혼은 여전히 이 불행한 친구 곁에서 위로의 말을 속삭이고 있도다!

이야기 도중 갑자기 내 슬픔을 이렇게 드러내다니 정말 미안한 마음이 든다. 하지만 어떤 말로도 제대로 표현하기 어려운 앙리의 미덕에 대해 한 마디 안 하고 갈 수 없었다. 이런 말들이나마 해야 그를 기억할 때마다 나를 찾아오는 고통에서 조금이라도 벗어날 수 있기 때문이다.

쾰른을 지나 우리는 네덜란드 평원에 도착했다. 우리는 배에서 내려 남은 여정을 말을 타고 계속하기로 했다. 역풍이 심하게 불어와 순조로운 항해가 어려웠기 때문이다. 며칠 후 우리는 로테르담에 도착했고 거기서부터는 바닷길로 영국으로 갔다.

9월 하순 어느 청명한 아침, 우리 눈앞에 영국의 하얀 절벽들이 나타났다. 생전 처음 와보는 곳이었다. 템스강 기슭도 내게는 완전히 새로운 풍경이었다. 마침내 영국의 무수한 첨탑들이 눈에 들어왔고 그 위로 우뚝 솟은 세인트 폴 대성당, 그리고 저 유명한 런던탑이 보였다.

제16장

**151**

# 제17장

우리는 런던에서 몇 달간 묵기로 결정했다. 클레르발은 유명한 석학들을 만나고 싶어 했지만, 내게 그런 것은 부차적인 목표였다. 나는 괴물과의 약속을 완수하기 위해 정보를 수집하는 데 몰두해 있었고, 내가 가지고 온 추천장들을 들고 저명한 자연철학자들을 찾아가 인사하느라 바빴다.

학문에 몰두하던 시절에 이 여행을 했더라면 나는 말로 다 할 수 없는 기쁨을 느꼈으리라. 하지만 내 목표는 이미 정해져 있었다. 나는 내 끔찍한 일에 대해 정보를 줄 수 있는 사람들만 만났다. 그렇다보니 사람들과의 만남이 즐거울 리 없었다. 나는 짜증만 났다. 유일하게 나를 달래주는 것은 앙리의 목소리였다.

앙리 클레르발은 예전의 내 모습 그대로였다. 그는 탐구심이 강했고 지식욕에 불탔다. 그는 언제나 바빴으며, 언제나 즐거웠다. 유일하게 그의 즐거움을 방해하는 것은 풀 죽은 내 모습뿐이었다. 새로운 괴물을 창조하는 데 필요한 소재들을 수집하는 일은 내게는 일종의 고문이었다. 그것과 관련된 말 한 마디, 한 마디에 내 입술은 떨렸으며 심장은 미친 듯이 뛰었다.

그렇게 런던에서 몇 달을 보냈을 때였다. 스코틀랜드에서 편지가 한 통 날라 왔다. 옛날 제네바의 우리 집을 방문했던 사람으로서 아버지와 나의 환대를 받았던 사람이었다. 그는 아버지와 연락을 주고받던 중 내가 런던에 있다는 것을 알고 옛날 환대에 대한 보답으로 나를 초청한 것이었다. 그는 자기 고향의 경치가 더없이 아름답다며, 혹시 사정이 허락한다면 자기가 살고 있는 북쪽 도시 퍼스에 한번 와볼 생각이 없느냐는 것이었다. 나와 앙리는 기꺼이 동의했다. 앙리는 호기심에서였고 나는 스코틀랜드 북부 고원 어딘가 한적한 곳이라면 내 작업을 끝내기에 안성맞춤이라고 생각한 것이다.

우리가 런던에 도착한 것이 10월 초엽이었는데 이제 2월이었다. 우리는 3월 말에 여행을 시작하기로 했다. 우리는 윈저, 옥스퍼드, 매틀록과 컴벌랜드호수를 거쳐 7월 말에 여행의 종

제17장

**153**

착지에 도착할 예정이었다. 나는 화학 실험 도구들과 수집한 소재들을 챙겼다.

우리는 윈저를 지나 옥스퍼드에 도착했고 상당 시간을 그곳에서 보냈다. 주변을 산책하며 영국 역사의 생생한 유적들을 남김없이 찾아보려고 애썼다. 나는 잠시나마 나를 옥죄는 사슬에서 벗어나 자유로운 기분이 되어 주위를 둘러보았다. 우리는 옥스퍼드를 떠난 뒤, 매틀록을 지나 컴벌랜드와 웨스트모얼랜드에서 두 달을 보냈다. 풍경이 스위스와 매우 닮아서 스위스 산들에 둘러싸여 있다는 생각이 들 정도였다. 하지만 앙리가 그곳 풍경이 샤모니와 닮았다고 말하는 순간 나는 몸을 부르르 떨었다. 그곳에서의 무서운 광경이 연상되었고 괴물과의 약속이 떠올랐기 때문이다.

나는 서둘러 최종 목적지를 향하지 않을 수 없었다. 한동안 약속을 게을리했기 때문에 실망감에 젖은 악마가 무슨 짓이라도 벌일까봐 걱정되었던 것이다. 휴식 시간에도 나는 불안감 때문에 좌불안석이었으며 고향에서 오는 편지를 초조하게 기다렸다. 편지가 늦어지면 온갖 두려운 상상을 하며 안절부절못했고, 막상 아버지나 엘리자베스에게서 편지가 오면 차마 그걸 쉽게 뜯어볼 수가 없었다. 또한 나는 악마가 내 게으름에 대한 응징으로 내 친구를 죽일지도 모른다는 공포에 시달렸다. 그 생각이 들면 나는 한시도 앙리 곁을 떠나지 않았다.

우리는 드디어 우리의 친구가 우리를 기다리고 있는 퍼스에 도착했다. 그러나 나는 낯선 사람들과 즐겁게 담소를 나눌 기분이 아니었다. 나는 클레르발에게, 혼자 스코틀랜드를 여행하고 싶다고 말했다. 앙리는 나를 말리려 했지만 내 결심은 확고했다. 스코틀랜드 외딴 지역에 처박혀 일을 끝내고 싶었기 때문이다. 내가 일을 마치면 괴물이 내 앞에 나타나 자신의 반려자를 거둘 것이라고 생각했다.

나는 스코틀랜드의 북부 고원을 지나 북쪽의 가장 외진 섬으로 갔다. 이 일에 가장 적합한 곳이었다. 그곳은 커다란 암초와 다름없는 곳이었으며 주민도 다섯 명에 불과했다. 토양도 황폐해서 변변찮은 소 몇 마리 먹일 꼴과 주민들이 주식으로 삼는 오트밀밖에는 나지 않았다. 야채와 빵이라는 호사를 누리는 것은 말할 필요도 없고 심지어 맑은 물을 구하려 해도 8킬로미터나 떨어진 본토로 가야만 하는 황량한 곳이었다.

그곳에는 초라한 오두막이 세 채밖에 없었는데 다행히 하나가 비어 있었다. 나는 그 집을 빌렸다. 방은 두 개밖에 없었으며 그나마도 너무 처참한 상태였다. 나는 집을 수리하게 한 후 가구 몇 점을 들여놓고 그곳에 정착했다. 그 누구의 주목도 받지 않고, 간섭도 받지 않은 채 작업에 몰두할 수 있는 최적의 장소였다.

이렇게 외진 곳에서 나는 오전 내내 작업에 몰두했다. 그러나 저녁 시간이면 돌출성이 해변으로 나가 포효하는 파도소리를 들었다. 작업은 처음에는 순조롭게 진행되었다. 하지만 작업이 진척되자 차츰 짜증이 났으며 일 자체가 끔찍해졌다. 어떤 때는 마음을 다잡지 못해 며칠 동안이나 실험실에 들어가지 못할 때도 있었다. 또 어떤 때는 밤낮을 가리지 않고 작업하기도 했다. 하지만 참으로 더럽고 끔찍한 작업과정이었다. 첫 실험 때는 일종의 광적인 열기에 사로잡혀 이 끔찍한 일의 실체를 제대로 보지 못했었다. 하지만 지금 내 피는 차갑게 얼어붙어 있었으며 스스로의 작업에 대해 역겨운 구역질을 느끼고 있었다.

게다가 작업 외에는 아무것도 내 눈길을 끄는 것이 없는 철저한 고독 속의 생활이다보니 내 감정은 균형을 잃고 말았다. 나는 불안하고 초조해졌다. 매 순간 괴물을 만날까봐 두려웠다. 그가 나타나 반려자를 내놓으라고 할 것 같아 언제나 두려움에 떨었다.

그런 가운데 나는 작업을 계속했고 일은 상당히 진척되었다. 나는 전율을 느끼면서 내 일이 완수되기를 희망했다. 내 일이 제대로 끝나리라는 것을 의심하지는 않았지만 어쩐지 막연하게 불길한 예감을 떨쳐버릴 수 없었다. 일이 진척될수록 가슴이 점점 먹먹해졌으며 무언가 무거운 것에 짓눌리듯 가슴이 저려왔다.

# 제18장

어느 날 저녁이었다. 나는 실험실에 앉아 있었다. 이미 해는 지고 막 달이 떠오른 참이었다. 작업하기에는 약간 어두웠기에 나는 오늘 작업을 이만 접어야 할지 아니면 일을 계속해서 한시라도 빨리 끝내야 할지 망설이고 있었다. 그러다보니 이런저런 생각들이 꼬리를 물고 떠올랐으며 내가 지금 하고 있는 작업이 몰고 올 결과에 대해서도 생각이 미치게 되었다.

3년 전에도 나는 이렇게 일에 몰두하여 악마를 만들어냈다. 그 악마가 만행을 저질러 내 마음을 깊은 슬픔에 빠뜨렸으며 쓰디쓴 회한에 젖게 했다. 그런데 이제 나는 또 다른 존재를 창조하려 하고 있다. 그 괴물은 분명 내 손을 통해서 탄생하겠지만 그 존재가 어떤 심성을 가지고 태어날지는 창조자인 나도 전혀 알 수가 없었다. 제짝보다 천배나 더한 악의에 불타, 살해와 범죄 자체를 즐길지도 몰랐다.

　괴물은 인간들이 살고 있는 곳을 떠나 황량한 곳에 몸을 숨기겠다고 했다. 그러나 그 약속은 이미 세상에 나온 괴물과 나 사이의 약속일 뿐이었다. 새로 태어날 괴물은 나와 그런 약속을 하지 않았다. 그 괴물은 자기가 창조되기 전에 한 약속을 거부할 수도 있을 것이다. 게다가 두 괴물이 서로 좋아하리라는 것을 어떻게 보장할 수 있단 말인가? 두 괴물이 서로를 싫어할 수도 있었다. 이미 자신의 모습에 대해 증오감을 품고 있는 괴물이 자기 눈앞에 똑같은 모양의 여자가 나타난다면 더 끔찍해하지 않을까? 자기 짝이 추한 것을 한탄하며 오히려 인간들의 아름다움을 더 크게 갈망하게 되지나 않을까? 그녀 또한 그를 혐오하며 인간을 향한 열망을 품게 될지 모른다. 그녀가 떠나면 그의 분노가 폭발할 것이고 더 큰 죄를 짓게 될지도 모른다.

　혹시 그들이 황량한 곳에서 함께 살게 된다고 치자. 그들은 자식을 낳을 것이고 악마들의 종족이 지상에 번식하게 될지도 모른다. 그들이 지구 전체를 공포에 몰아넣을지도 모른다. 오로지 내 이기심으로 인류 전체에 그런 저주를 내려도 될 자격이 내게 있단 말인가?

제18장

**159**

전에는 내가 창조한 괴물의 궤변에 내 마음이 흔들렸었다. 악마의 협박에 분별력도 잃었다. 그러나 이제 차분히 생각해 보니 그 약속이 몰고 올 재앙에 대해 생각하지 않을 수 없었다. 후대가 나를 인류에 재앙을 몰고 온 존재라고 저주하리라는 생각에 몸이 떨렸다. 나는 일신의 안녕을 구하기 위해 전 인류의 생존을 위협한 이기적인 인간으로 여겨질 것이다. 생각이 거기에 미치자 내 몸이 부들부들 떨렸고 심장이 쿵 내려앉는 것 같았다.

내가 그런 생각에 잠겨 진저리를 치고 있을 때였다. 문득 고개를 들어보니 악마가 달빛을 받고 창가에 서 있는 모습이 보이는 것 아닌가! 악마는 자기가 요구한 작업을 수행하고 있는 나를 바라보며 소름 끼치는 웃음을 입가에 흘리고 있었다. 그렇다. 놈은 내내 나를 뒤따라다녔던 것이다.

나는 괴물을 물끄러미 바라보았다. 악의에 찬 악마의 얼굴 바로 그것이었다. 내가 그와 같은 악마를 또 하나 만들고 있다는 것을 생각하니 나는 그만 폭발하고 말았다. 나는 광기에 사로잡혀 몸을 부들부들 떨며 내가 몰두해 만들고 있던 것을 갈기갈기 찢어버렸다. 괴물은 자신의 미래의 행복을 보증해주리라 믿었던 피조물이 내 손에 의해 파괴되는 것을 보고는 절망의 울부짖음을 내뱉으며 어디론가 사라져버렸다. 그 울부짖음 속에서 나는 절망뿐만 아니라 분노와 복수심을 읽을 수 있었다.

나는 그 방을 떠나 문을 잠그면서 절대 다시 작업을 시작하지 않으리라고 굳게 맹세했다. 그리고 쓸쓸히 내 숙소로 돌아왔다. 나는 철저히 외톨이였다. 우울한 나를 달래주고, 나를 짓누르는 중압감을 덜어줄 사람은 내 곁에 아무도 없었다.

나는 몇 시간 동안 창가에 서서 하염없이 바다만 바라보고 있었다. 바다는 거의 움직임이 없었다. 바람은 숨을 죽이고 있었고 고요한 달빛을 받아 자연 전체가 휴식을 취하고 있었다. 몇 척의 어선만 바다 위에 떠 있었고 가끔 부드러운 산들바람이 불어올 뿐이었다.

그때였다. 바닷가에서 노 젓는 소리가 들려왔다. 그리고 나의 집 가까이 배를 대는 것을 알 수 있었다. 몇 분이 흐른 후 누군가 나의 집 문을 여는 소리가 들렸다. 나는 악몽에라도 사로잡힌 것처럼 온몸에 힘이 빠져 옴짝달싹 못하고 있었다. 이윽고 문이 열리고 내가 두려워하던 괴물이 나타났다. 그가 내게 다가오더니 숨이 막히는 것 같은 목소리로 말했다.

"당신이 시작한 일을 스스로 파괴해버리다니! 도대체 의도가 무엇인가? 감히 약속을 깨려는 건가? 나는 숱한 고생과 불행을 견뎌왔다. 추위와 굶주림을 참으며 여기까지 당신을 따라 왔다. 오로지 내 반려자를 갖겠다는 희망에서였다. 그런데 감히 내 희망을 짓밟아버리겠다는 건가?"

"꺼져버려! 약속을 파기하겠다! 네놈처럼 사악하고 흉측한 괴물을 다시는 만들어내지 않겠다."

"이런 형편없는 인간! 전에는 그래도 이치에 맞게 설득하려 했는데 이제 보니 그럴 가치도 없는 인간이로구나! 내게 힘이 있다는 걸 명심하라. 너는 지금 자신이 불행하다고 여기고 있겠지. 하지만 진짜 불행이 어떤 건지 이제부터 알게 해주겠다. 너무 불행해서 햇살마저 저주스러운 지경으로 만들어주겠다. 네놈은 내 창조주지만 이제부터 내가 네 주인이다. 너는 내게 순종해야 한다!"

"아무리 협박을 해보아라. 나는 더 이상 악행을 저지를 수 없다. 절대로 네 동반자를 만들지 않을 것이다. 내가 미치지 않고서야, 죽음과 불행을 보고 즐거워하는 악마를 또다시 이 세상에 풀어놓을 것 같은가! 꺼져버려라! 내 결심은 흔들림이 없으며 네 말들은 나를 더욱 분노하게만 만들 뿐이다."

괴물은 결연한 내 표정을 보고 분노에 차서 이를 갈았다.

"모든 인간이 가슴에 품을 동반자를 맞고, 모든 짐승이 제짝을 찾는데 나만 혼자여야 한단 말인가? 좋다! 얼마든지 나를 증오하라! 하지만 조심하라. 너는 앞으로 공포와 불행의 시간들을 보내게 될 것이며 네 행복은 영영 사라져버릴 것이다. 나만 참담한 불행 속에서 뒹굴고 네놈만 행복할 수 있다고 생각하느냐? 어림도 없다.

내게 모든 감정이 사라진다 해도 복수심만은 남을 것이다. 조심하라! 나는 두려움이 없다. 그래서 더욱 강하다. 나는 간교한 뱀이 되어 너를 지켜볼 것이며 뱀의 맹독을 네놈 몸에 퍼지게 할 것이다. 너는 내게 이렇게 상처를 입힌 것을 끝내 후회하고야 말 것이다. 명심하라. 네놈의 결혼식 날 밤, 내가 거기 있겠다."

내가 놈을 붙잡으려 했지만 놈은 황급히 집을 빠져나갔다. 몇 분 후 그가 탄 보트가 쏜살같이 파도를 헤치고 나아가는 모습이 보이더니 곧 시야에서 사라졌다.

다시 사방이 고요해졌다. 나는 놈이 남긴 복수라는 단어를 떠올렸다. 다음 희생자가 누구일까 생각만 해도 온몸이 떨려왔다. 그때 놈이 남긴 말이 떠올랐다.

"네놈의 결혼식 날 밤, 내가 거기 있겠다."

그렇다면 그날이 내 운명이 다하는 날이었다. 그날 나는 죽을 것이고 모든 것이 끝이 날 것이다. 두렵지는 않았다. 하지만 사랑하는 엘리자베스를 생각하자 눈물이 흘러내렸고 나는 목숨 걸고 싸워보지도 않은 채 원수 앞에서 쓰러질 수는 없다고 다짐했다.

다음 날 태양이 다시 떠올랐다. 내 마음은 조금 차분하게 가라앉아 있었다. 하지만 말 그대로 차분해졌다기보다는 차라리 절망의 심연으로 가라앉았다고 하는 것이 옳았다. 나는 집을 나서서 바닷가로 걸어 나갔다. 나는 사랑하는 모든 것과 헤어진 비참한 신세가 된 것처럼 섬 주위를 배회했다. 정오 무렵, 나는 풀밭에 누워 깊은 잠에 빠져들었다.

내가 깨어났을 때는 해가 뉘엿뉘엿 기울고 있었다. 바로 그때 낚싯배 한 척이 내 근처에 배를 대더니 내게 꾸러미를 하나 가져다주었다. 제네바에서 보낸 편지들과 어서 돌아오라고 재촉하는 클레르발의 편지들이 들어 있었다. 나는 클레르발의 다정한 글에 어느 정도 기운을 차렸다. 나는 이틀 후에 섬을 떠나기로 작정했다.

그러나 그곳을 떠나기 전에 할 일이 있었다. 생각만 해도 치가 떨리는 일이었지만 꼭 해야만 했다. 그 역겨운 실험실로 다시 들어가 화학 도구들을 챙기는 일이었다. 다음 날 아침 동이 트자마자 나는 실험실의 자물쇠를 열었다. 내가 파괴해버린 피조물의 잔해가 마룻바닥 여기저기에 널려 있었다. 꼭 살아 있는 인간의 육신을 내가 난도질해버린 것 같은 기분이었다. 나는 도구들을 챙긴 후 피조물의 잔해를 바다 속에 던져 버리겠다고 결심했다. 밖으로 나온 나는 바닷가에 앉아 화학 실험 기구들을 닦고 정리했다.

악마를 다시 본 후 나는 완전히 다른 사람이 되었다. 눈앞을 가리고 있던 흐릿한 막이 걷히고 밝은 눈으로 세상을 다시 보는 것 같았다. 작업을 다시 시작해야 한다는 생각은 전혀 들지 않았다. 괴물의 협박이 묵직하게 나를 짓누르고 있었지만 내가 어떻게 하더라도 화를 면할 수는 없었다. 괴물을 만들어도 재앙이었으며 안 만들어도 재앙이었다. 그러나 괴물을 만든다는 것은 자신의 앞가림만 생각하는 이기심의 발로였다. 그럴 수는 없었다. 내게는 이미 단호한 결심이 서 있었다. 나는 괴물을 하나 더 만든다는 생각은 아예 내 머리에서 몰아내버렸다.

새벽 2~3시쯤 되었을 때 달이 떴다. 잔해를 담은 자루를 작은 나룻배에 싣고 나는 해변에서 6킬로미터가량 노를 저어 나갔다. 꼭 무시무시한 범죄를 저지르는 기분이었으며 사람이라도 만나게 될까봐 조마조마했다. 구름이 밝은 달을 가려버려 생긴 짧은 순간의 어둠을 틈타서 나는 돌을 채워 넣은 자루를 바다에 던져버렸다. 쌀쌀한 북동풍에 오히려 원기가 나는 느낌이었다. 나는 나룻배에 누웠다가 잔잔한 물소리를 들으며 깊은 잠에 빠져들었다.

내가 깨어났을 때는 해가 이미 중천 가까이 떠 있을 때였다. 바람이 매우 거세게 불어오고 있었고 거친 물살이 내 작은 나룻배를 위협하고 있었다. 배가 바닷가에서 얼마나 멀리 와 있는지도 알 수 없었다. 솔직히 말해서 꽤나 무서웠다. 이렇게 표류하다가 그대로 죽을 수도 있을 것 같았다. 나는 바다를 바라보았다. 여기가 내 무덤이 될 장소였다. 나는 외쳤다.

"악마여, 네가 원하던 일이 이제 이루어졌도다!"

나는 엘리자베스를, 아버지를, 클레르발을 생각했다. 그리고 소름끼치게 무서운 몽상에 빠져들었다.

몇 시간이 이렇게 흘러갔다. 그러나 해가 저물어감에 따라 서서히 바람은 잦아들어 부드러운 산들바람이 되었다. 그리고 저 멀리 남쪽에 길게 펼쳐진 고원이 눈에 들어왔다. 극도의 피로와 긴장감에 초주검이 되었던 내게 갑자기 삶에 대한 환희가 찾아오고 눈물이 솟구쳤다.

아, 극도의 불행 한가운데서도 목숨에 대한 애착을 끝내 놓아버리지 못하다니! 그 맹목적인 삶의 의지! 나는 옷을 찢어 돛을 하나 더 만든 후 열심히 육지를 향해 배를 돌리고 노를 저었다. 육지는 험준하고 바위투성이였지만 가까이 다가가니 사람들의 흔적을 쉽게 발견할 수 있었다. 열심히 지형을 살펴보다가 작은 곶 너머로 솟아 있는 첨탑을 보고서 나는 환호성을 올렸다. 사람들을 그토록 피하던 내가 사람이 살고 있는 흔적을 보고 그렇게 기뻐하다니!

나는 배를 정박한 후 배를 손보고 돛을 정리했다. 수중에 돈이 있었으니 마을 쪽으로 가서 먹을 것을 구해야겠다는 생각이었다. 그때였다. 몇몇 사람들이 내 주위로 몰려들었다. 그런데 성큼 나서서 나를 도와주기는커녕, 나를 바라보며 자기들끼리 귓속말만 나누고 있는 것이 아닌가?

내가 영어로 그들에게 말을 걸었다.

"이 마을의 이름이 무엇인지요? 여기가 어디인지 말씀해주실 수 없으신지요?"

그러자 한 사람이 퉁명스럽게 말했다.

"그건 곧 알게 될 거요. 어쨌든 내 장담하건대 당신이 여기서 숙소를 잡는 건 어려울 거요."

낯선 사람의 입에서 이렇게 퉁명스러운 소리가 나오자 나는 놀랐다. 그리고 보니 다른 사람들 표정도 무언가 화가 나 있는 것 같았다.

나는 그 사람에게 대꾸했다.

"어째서 그렇게 퉁명스럽게 말씀하시는 겁니까? 설마 낯선 사람을 푸대접하는 게 영국인의 관습은 아니겠지요."

그러자 그가 더욱 거칠어진 말투로 대답했다.

"영국 관습이 어떤지는 모르겠지만 이곳 아일랜드에서는 악당을 미워하게 되어 있소."

악당이라니? 이게 도대체 무슨 말이란 말인가? 나는 도무지 영문을 알 수 없었다. 그사이 구경꾼들의 수가 늘어나 있었다. 모두 호기심과 분노가 뒤섞인 표정을 하고 있었다. 나는 극도로 불안했다. 나는 그들에게 여관으로 가는 길을 물었다. 하지만 아무도 내게 대답해주지 않았다. 내가 앞으로 걸어가자 군중이 나를 에워싸고 따라오며 수군거렸다. 바로 그때 험상궂게 생긴 사내 한 명이 내게 다가오더니 내 어깨를 툭툭 치면서 말했다.

"날 따라오시오, 이방인 양반. 나와 함께 커윈 씨 집으로 가야겠소."

"커윈 씨가 누굽니까? 내가 왜 그 사람을 만나야 한다는 거지요?"

"그분은 이곳 치안판사요. 당신은 그분을 만나 진술을 해야 하오. 어젯밤 여기에서 누군가가 살해되었소."

나는 소스라치게 놀랐다. 내가 살인 누명을 쓰고 있다는 걸 알 수 있었다. 하지만 나는 곧 마음을 가다듬었다. 나는 죄가 없었고 그건 쉽게 증명할 수 있었다. 나는 말없이 그 사내를 따라나섰고 곧 마을에서 가장 훌륭한 저택에 도착했다. 피로와 굶주림에 그대로 주저앉기 일보 직전이었다. 하지만 나는 기운을 냈다. 약한 모습을 보이면 죄책감이나 두려움으로 오인받을 수도 있었기 때문이다. 나는 불과 몇 분 후 어마어마한 대재앙과 마주하게 되리라고는 꿈에도 생각지 못했다.

# 제19장

나는 곧 치안판사 앞으로 인도되었다. 그는 늙고 자애로운 사람이었으며 차분한 언행에 성품도 온화해 보였다. 그러나 나를 바라보는 눈길만은 매우 준엄했다.

곧이어 나를 뒤따라온 사람들 중에 서너 명이 앞으로 나서더니 그중 한 명이 사건에 대한 증언을 했다. 그는 전날 밤 아들과 처남을 데리고 고기잡이를 나갔다가 북풍이 불어서 부두로 되돌아왔다고 했다. 아직 달이 뜨지 않아 사방이 캄캄했다. 모래사장을 걸어가던 그는 발치에 뭔가가 걸리는 바람에 그대로 그 자리에 넘어졌다. 뒤따르던 아들과 처남이 달려와 등불을 비추어보니 사람의 시체가 있었다. 처음에는 익사한 사람이 파도에 휩쓸려 온 것이 아닌가 생각했다. 그러나 자세히 보니 옷도 젖지 않았고 아직 시체에 온기도 남아 있었다. 나이가 스물다섯 정도 되어 보이는 잘생긴 청년의 시체였다. 목덜미에 검은 손자국이 나 있을 뿐 다른 상처가 없는 것으로 보아 목 졸려 죽은 게 분명했다.

나는 손자국 이야기가 나오자 너무 동요했다. 살해당한 내 동생 모습이 떠올랐던 것이다. 사지가 덜덜 떨리고 눈앞이 뿌옇게 흐려져 의자를 붙들고 몸을 지탱해야 했다. 치안판사가 날카로운 눈으로 나를 살펴보았다. 누가 보아도 수상하기 짝이 없는 내 행동이었다.

그 아들의 증언도 아버지와 같았다. 게다가 그 사람의 처남은 시체를 발견하기 직전에 별로 멀지 않은 바다에 한 남자가 나룻배에 타고 있는 것을 똑똑히 보았다고 증언했다. 그리고 내가 타고 온 나룻배가 바로 그 배가 틀림없다고 자신 있게 말했다.

이어서 해변에 살고 있는 한 여인이 증언했다. 시체가 발견되었다는 소식을 듣기 한 시간 전, 어부들이 들어오기를 기다리며 오두막 문간에 서 있다가 한 남자가 탄 나룻배가 시체가 발견된 해안을 떠나는 것을 보았다는 것이다.

이후 몇몇 사람들이 내가 범인임이 틀림없다고 증언했다. 살인을 저지른 후 밤새도록 불어온 북풍 때문에 바다 위를 떠돌다가 할 수 없이 되돌아온 게 틀림없다는 것이었다.

증언을 들은 후 커윈 씨는 시체가 안치되어 있는 방으로 나를 데려가야겠다고 생각한 모양이었다. 시체 앞에서의 내 반응을 살펴보고 싶었던 것이다. 나는 치안판사와 몇 사람의 인도를 받아 시체가 안치되어 있는 여관으로 갔다. 그리고 시체가 누워 있는 방으로 들어가 관이 놓여 있는 자리로 안내를 받았다.

시체를 본 순간의 내 심정을 어떻게 설명할 수 있을까? 지금도 그 끔찍한 순간을 돌이켜 생각하기만 해도 전율과 고뇌가 나를 덮쳐온다. 목숨이 끊긴 앙리 클레르발의 시신이 내 앞에 축 늘어져 있는 것을 보는 순간, 치안판사도, 그를 뒤따른 증인들도 모두 뇌리에서 사라지고 없었다. 나는 숨을 제대로 쉴 수조차 없었다. 나는 시체 앞에 몸을 던지고 외쳤다.

"내가 만든 살인 기계가 자네, 앙리 자네의 목숨마저 앗아가 버렸단 말인가! 아아, 이미 두 사람을 파멸시키고도 모자라서! 오, 클레르발, 내 친구! 내 은인!"

나는 발작을 일으켰고 그런 나를 사람들이 곧바로 밖으로 옮겼다. 나는 그대로 앓아눕고 말았다. 내 온몸에서 열이 펄펄 났다. 그 후 나는 두 달 동안 사경을 헤매며 누워 있었다. 나중에 들은 이야기지만 나는 열에 들떠 무시무시한 헛소리들을 내뱉었다고 한다. 스스로 세 명을 죽인 살인자라고 소리치기도 했고, 간호해주는 사람들에게 나를 괴롭히는 악마를 없앨 수 있게 도와달라고 간청하기도 했다. 어떤 때는 괴물이 내 목덜미를 거머쥐고 있다는 느낌에 비명을 지르기도 했다. 다행히 나는 모국어를 썼기 때문에 커윈 씨 외에는 아무도 알아듣지 못했다. 하지만 내 몸짓과 아우성만 보고도 사람들은 겁에 질리고 말았다.

어째서 나는 그때 죽어버리지 않은 것인가? 이 세상 그 어떤 인간보다 참담하고 불행했던 내가 왜 죽음이라는 휴식에 몸을 담지 못했던 것일까? 꽃 같은 어린아이들을 무수히 낚아채 가는 죽음이 왜 나는 데려가지 않은 것일까? 대체 나는 무엇으로 만들어졌기에 그 많은 충격과 고통을 겪고도 이렇게 살아남은 것일까? 왜 나는 고문받는 것 같은 삶을 계속해야만 한단 말인가?

두 달 후 꿈에서 깨어보니 나는 감옥 안의 침대에 쓰러져 있었다. 내가 잠에서 깨어 의식을 회복했을 때는 아침이었다. 무슨 일이 있었는지 하나도 기억나지 않은 채 그냥 멍한 기분이었다. 다만 무언가 이루 말할 수 없이 큰 불행이 나를 덮친 것 같은 기분이었다. 그러나 잠시 후 주변을 둘러보니 지나간 모든 일에 대한 기억이 번쩍하고 모두 되살아났다. 나는 쓰라린

제19장

**173**

신음을 토할 수밖에 없었다.

　내 신음 소리에 내 옆 의자에 앉아 잠들어 있던 노파가 잠에서 깨어났다. 내 간병을 위해 고용된 여자였다. 남들이 겪은 불행에 아무런 연민도 느끼지 않는 사람의 특징이 고스란히 드러나 있는 얼굴이었다. 그녀는 영어로 내게 말을 걸었다. 철저하게 무관심한 말투였다.

　"이제 좀 정신이 들어요?"

　나는 힘없는 목소리로 대답했다. 물론 영어였다.

　"네. 하지만 살아 있다는 게 차라리 악몽이라는 생각만 들 뿐입니다. 죽는 게 나았을 겁니다."

　"하긴. 당신이 저지른 짓을 생각한다면……. 차라리 죽는 게 나을 뻔했지요. 혹심한 벌을 받을 거예요. 하지만 그런 건 내가 알 바 아니지. 나는 당신을 간호해서 병에서 낫게 해주기만 하면 되지. 그게 내가 맡은 일이니까."

　사경을 헤매다 겨우 목숨을 건진 사람에게 그런 말을 하다니. 나는 여자가 보기 싫어서 돌아누웠다. 나는 그간의 일을 곱씹어 생각해보지 않을 수 없었다. 내 일생이 꿈처럼 눈앞에 스쳐갔다. 그 모든 게 다 사실인가 의심스러웠고 마치 한바탕 꿈 같았다.

머지않아 나는 커윈 씨가 내게 큰 친절을 베풀었음을 알게 되었다. 그는 내게 가장 좋은 감방을 마련해주었고 의사와 간병인까지 대주었던 것이다. 회복세에 접어든 무렵의 어느 날 나는 의자에 앉아 있었다. 나는 이렇게 참혹하게 사느니 차라리 죽는 게 낫겠다고 생각했다. 불쌍하게 죽어간 유스틴보다 훨씬 죄 많은 몸이니 유죄를 인정하고 형벌을 받아야 한다는 생각도 들었다. 내가 이런 생각에 빠져 있을 때 커윈 씨가 들어왔다. 그 얼굴에는 동정과 연민의 빛이 떠올라 있었다. 그는 의자 하나를 내 의자 곁에 바짝 붙이더니 프랑스어로 물었다.

"이런 곳에 있다는 것을 알고 많이 놀랐을 겁니다. 좀 더 편하게 해드릴 방법이 없을까요?"

"정말 감사합니다. 하지만 온 세상을 다 뒤진다 해도 저는 안식처를 찾을 수 없을 겁니다."

"암튼, 선생이 머지않아 누명을 벗고 이곳에서 벗어나게 되기를 바라오. 선생은 이 해변에 도착하자마자 살인자로 오해를 받게 되었지요. 그리고 곧장 무시무시하게 살해된 당신 친구의 시신을 보게 된 것이고요."

그의 말에 다시 끔찍한 기억이 되살아나 나는 몸을 부르르 떨었다. 동시에 그가 어떻게 사정을 그렇게 정확히 알게 된 것

제19장

**175**

인지 놀랍기도 했다. 나의 놀란 기색을 본 그가 황급히 말했다.

"선생이 앓아누운 지 며칠 되어서야 옷을 살펴보게 되었소. 편지 몇 통을 발견했는데 그걸 보고 선생이 죄가 없다는 생각을 하게 되었다오. 나는 선생 부친의 주소도 발견하고 즉시 제네바에 편지를 썼다오."

나는 황급히 말했다.

"오, 하느님! 아, 내 가족이 무사한가요? 내가 또 누구의 죽음에 대해 애통해해야 하는 건 아니겠지요?"

"가족들은 모두 무사하오. 그리고 당신을 아끼는 분이 면회를 오셨다오. 바로 당신 아버지라오."

판사의 입에서 아버지라는 단어가 나오자마자 나는 기쁜 표정으로 소리를 질렀다.

"아버지가요? 정말입니까? 오, 감사합니다. 도대체 지금 어디 계신 거지요? 왜 당장 제게 오시지 않는 거지요?"

판사가 자리에서 일어나서 간병인과 함께 나가자 잠시 후 아버지가 들어왔다. 나는 두 팔을 뻗어 아버지를 안았다. 그리고 무엇보다 급한 것을 물을 수밖에 없었다. 바로 가족들의 안부였다. 가족들이 모두 무사하다는 아버지 말씀을 듣고 나는 얼마나 안도했는지 모른다. 아버지는 내가 어쩌다 이런 곳에 들어와 있는지, 클레르발은 왜 그렇게 되었는지, 이게 무슨 가혹한 운명인지 나를 붙잡고 안타까워하셨다. 하지만 오랜 시간 대화를 나눌 수는 없었다. 내 건강 상태가 아직 위태로웠기 때문이었다. 하지만 아버지가 오신 것이 마음에 너무 큰 위안이 되어 나는 서서히 건강을 회복할 수 있었다. 그러나 나를 사로잡고 있는 우울증에서 벗어날 수는 없었다.

감옥에 갇힌 지 석 달 만에 순회재판이 열렸다. 재판은 160킬로미터 떨어진 그 주의 수도에서 열렸다. 커윈 씨가 내게 유리한 증언을 할 목격자들을 동원하며 나를 열심히 변호해주었다. 또한 친구의 시신이 발견된 바로 그 시각에 내가 오크니 섬에 있었다는 사실을 입증할 수 있게 되어 나는 공소 기각으로 풀려날 수 있었다.

아버지는 나와 함께 고향으로 돌아갈 수 있게 되자 매우 기뻐하셨다. 그러나 나는 기뻐할 수가 없었다. 내 주위는 무시무시한 어둠뿐이었다. 그 암흑 속에서 나를 노려보는 한 쌍의 눈빛만이 번뜩이는 것 같았다. 힘없이 죽어가던 앙리 클레르발의 눈빛이기도 했고 흐릿하게 번들거리는 괴물의 눈빛이기도 했다.

아버지는 내가 고향에 돌아가 만나게 될 반가운 사람들, 엘리자베스와 에르네스트 이야기를 하며 내 마음을 달래려고 애를 쓰셨다. 하지만 내 감정은 마비 상태에 빠진 것과 같았다. 아무리 아름다운 자연을 보고 머리에 떠올려도 감방의 풍경과 다를 바가 없었다. 그런데다 가끔 경련과 발작이 찾아왔고 고뇌와 절망에 시달렸다.

나는 죄인이었다. 내가 감옥을 떠날 때 내 유죄를 믿고 있던 어떤 사내가 내 등 뒤에 대고 외쳤듯이 나는 양심이 더럽혀질 대로 더럽혀진 죄인이었다. 윌리엄, 유스틴, 그리고 클레르발까지 내가 만든 지옥의 악마에게 목숨을 잃지 않았는가! 나는 시도 때도 없이 신음을 내뱉었으며 악몽에 시달렸다.


하지만 그런 나를 지켜준 것은 내 의무감이었다. 의무감으로 내 모든 고통을 이겨내야 했다. 나는 하루빨리 제네바로 돌아가 내 사랑하는 사람들을 보호해야 했다. 괴물을 은신처에서 몰아내서 맞닥뜨릴 수 있게 되거나 그가 감히 내 앞에 모습을 나타낸다면 그 괴물과 맞서야만 했다. 그리고 그를 끝장내야 했다.

아버지와 나는 서둘러 아일랜드를 떠나 프랑스 르아브르행 배 안에 몸을 실었다.

# 제20장

　고향으로 가는 도중 아버지는 내 건강과 평온한 마음을 되찾아주기 위해 온 힘을 다하셨다. 아버지는 내가 살인 누명을 썼던 굴욕을 이겨내지 못한다고 생각하고 자존심이란 허망한 것이니 빨리 떨쳐내라고 충고도 해주셨다.

　나는 아버지에게 절규하듯 말했다.

　"아, 아버지, 자존심이라니요? 저처럼 형편없는 놈이 어찌 자존심을 내세울 수 있겠습니까? 불쌍한 유스틴은 저와 마찬가지로 죄가 없었지만 살인의 누명을 쓰고 죽음을 맞았습니다. 그런데 사실은 제가 그 애를 죽인 거예요. 윌리엄, 유스틴, 앙리 다들 제가 죽인 거란 말입니다. 모두 내가 만든 기계 때문에 죽은 거예요."

내가 옥중에 있을 때도 나는 아버지께 비슷한 말을 여러 번 한 적이 있었다. 그때마다 아버지는 이 아이가 도대체 무슨 소리를 하는 건가 하는 기색을 보이실 때도 있었지만 대개는 내가 정신착란에 헛소리를 하는 것으로 생각하시는 것 같았다. 아버지는 내가 병에서 회복되는 와중에도 여전히 착란에 시달린다고 생각하시고 계셨다. 나는 내가 창조한 괴물에 대해서는 더 이상 입 밖에 내지 않았다. 미친 사람 취급 받으리라는 생각에 입을 자물쇠로 채워놓은 것이었다. 하지만 나는 그 무서운 비밀을 세상에 다 털어놓았어야만 했으리라.

내가 너무 여러 번 내가 그들을 죽였다고 주장하자 아버지는 내가 제정신이 아니라고 확신하고 가능한 한 아일랜드 사건에 대해서는 한 마디도 하지 않으셨다. 그리고 내가 넋두리 하는 것조차 싫어하셨다. 나는 조금 차분해졌다. 그 죄를 입 밖에 내면서 횡설수설하느니 내 양심에 깊이 새기기로 작정했다. 나는 금세 언행도 차분해졌고 냉정해질 수 있었다.

배에서 내린 후 우리는 르아브르에서 곧장 파리로 떠났다. 파리에서는 아버지 볼일 때문에 몇 주 머물러야 했다. 그사이 나는 엘리자베스로부터 한 통의 편지를 받았다.

사랑하는 내 친구에게,

파리에서 온 아버님 편지를 받고 얼마나 기뻤는지 몰라. 네가 가까이 있고 2주 후면 볼 수 있을 테니까.

올해 겨울은 너무 슬퍼서 괴로워하며 지낼 수밖에 없었어. 평온해진 네 모습을 보고 싶지만 1년 전 네가 겪었던 무서운 감정이 더 깊어졌을까봐 두렵기도 해. 그리고 지금 너무 고통스러워하고 있는 너를 또 뒤흔들어놓고 싶지는 않아. 하지만 아버님이 떠나시기 전에 나와 나눈 이야기를, 너를 만나기 전에 미리 해야 할 것 같아.

'할 이야기라니? 도대체 엘리자베스가 내게 할 이야기가 뭐가 있을까?'라고 너는 생각할지도 몰라. 하지만 네가 정말 그런 생각을 한다면 나는 이미 답을 얻은 셈이야. 정말이지, 내가 네게 할 이야기가 뭐가 있겠어? 오랫동안 너에게 속내를 털어놓고 싶었지만 용기가 나지 않던 이야기를 하려는 거야.

너도 잘 알지, 빅토르. 우리가 어렸을 때부터 네 부모님이 우리 결혼을 계획하고 흐뭇해하셨던 걸. 우리도 언젠가는 그렇게 되리라고 생각하며 자랐잖아. 어릴 때부터 우리는 친한 소꿉 친구였고 나이가 들면서 서로 사랑하고 아끼는 사이가 되었지. 하지만 친남매끼리도 그렇게 서로 아끼고 사랑하는 경우가 얼마든지 있잖아. 혹시 우리 사이가 그런 건 아닐까?

그러니 빅토르, 솔직하게 대답해줘. 우리 둘 모두의 행복을 걸고 솔직하게 진실을 말해줘. 혹시 다른 여자를 사랑하고 있는 거 아니야? 너는 여행도 많이 했고 잉골슈타트에서 여러 해를 보냈잖아. 솔직히 털어놓는 건데, 지난가을, 그렇게 불행하고 고독한 네 모습을 보고 네가 우리의 인연을 후회하고 있을지도 모른다는 생각을 떨쳐버리기 어려웠어.

빅토르, 고백하지만 너를 사랑해. 나의 미래에 대한 꿈속에서 너는 늘 나와 함께 있었어. 하지만 나는 내 행복을 바라듯이 네 행복도 바라고 있어. 네가 진정으로 원하지 않는다면, 우리는 결혼을 하더라도 영원히 불행해질 거야. 부모님 소원을 들어드려야 한다는 명예 때문에 사랑과 행복을 포기할 수는 없다는 걸 나는 잘 알고 있어. 나는 네가 그러기를 원하지도 않고. 더욱이 너를 이토록 깊이 사랑하는 내가 네가 진정으로 원하는 것을 못하게 막는 장애물이 될 생각은 없어.

이 편지 때문에 네가 심란해할까봐 걱정이 돼. 힘들면 당장 답장 안 해도 돼. 아니, 돌아올 때까지 답장 안 해도 돼. 아버님이 네 건강에 대한 소식은 전해주실 테니까. 만일 우리가 만났을 때 네 입술에서 미소를 볼 수만 있다면, 나는 그것만으로도 기쁨에 젖을 거야. 그 미소가 바로 내 기다림에 대한 답장일 테니까.

17××년 5월 18일 제네바에서

엘리자베스 라벤차


엘리자베스의 편지를 받자 순간, 괴물이 했던 협박이 내게 떠올랐다.

'네놈의 결혼식 날 밤, 나는 거기 있겠다.'

놈은 그렇게 선언했었다. 그날 밤 악마는 온갖 수단을 다 동원해 나를 파멸시키고 내게 일말의 행복도 남기지 않고 빼앗아갈 것이다. 놈은 나를 죽일 것이다. 좋다. 그날은 이 가증스러운 싸움이 끝나는 날이 될 것이다. 놈과의 싸움에서 놈이 승리한다면 나는 평화로이 잠들 것이고 놈이 내게 행사하던 힘도 끝을 보게 될 것이다. 그리고 내가 승리한다면 나는 자유의 몸이 될 것이다.

맙소사, 자유라니! 대체 무슨 자유란 말인가? 자신의 가족들이 눈앞에서 살해당하는 꼴과 제집은 불타고 농토는 황폐해진 꼴을 눈앞에 보고 있는 농부와 내가 무엇이 다르단 말인가? 모든 것이 다 사라지고 홀로 남은 자의 자유? 겨우 제 한 몸 자유로워지는 그런 것? 내가 맞이할 수 있는 해방은 겨우 그런 것이었다. 아아, 나는 엘리자베스라는 보물을 갖게 되겠지만 죽을 때까지 가책과 죄책감에 시달리리라!

오, 사랑하는 엘리자베스! 나는 편지를 읽고 또 읽었다. 그리고 나도 모르게 사랑과 행복의 감정이 스며들어오는 것을 느끼기도 했다. 그러나 에덴동산의 금단의 사과는 이미 따먹은 후였고 천사는 나를 그곳에서 쫓아내어 내 모든 희망이 사라지게 만든 뒤였다.

나는 엘리자베스의 행복을 위하여 죽을 준비가 되어 있다. 괴물이 협박을 실행한다면 나의 죽음은 불가피했고 결혼은 내 운명의 끝이 될 것이다. 하지만 결혼을 미룬다면? 놈의 복수가 두려워 내가 결혼을 미룬다는 것을 놈이 알게 된다면 그는 다른 방법으로 더 무서운 복수를 행하리라.

'네놈의 결혼식 날 밤, 나는 거기 있겠다'는 협박이, 그전까지는 놈이 얌전히 있으리라는 보장은 될 수 없었다. 그는 나를 협박한 후 곧장 클레르발을 살해하지 않았는가! 내가 엘리자베스와 결혼함으로써 그녀와 아버지에게 행복을 줄 수 있다면, 그놈의 계획이 무섭다고 한시라도 결혼을 미룰 수는 없다!

나는 엘리자베스에게 차분하고 다정한 편지를 썼다.

내 사랑하는 여인에게,

우리가 이 지상에서 누릴 행복은 거의 얼마 없는 것 같아 두려워. 하지만 언젠가 내가 누릴 수 있는 행복이 남아 있다면 그건 오로지 너로 인한 거야. 두려움을 몰아내버려. 내 삶은 온통 너를 위한 것이고, 너를 기쁘게 하는 일에 바칠 거야.

엘리자베스, 내게는 한 가지 비밀이 있어. 아주 끔찍한 비밀이야. 네가 그 비밀을 알게 되면 무서움에 몸을 떨게 될 거고, 내가 그런 일을 겪고도 어떻게 살아남았는지 놀라게 될 거야. 이 무서운 이야기는 결혼식 다음 날 털어놓을게. 우리는 서로를 완전히 믿는 사이가 되어야 하니까. 하지만 부탁인데, 그때까지는 그 이야기는 한 마디도 꺼내지 말아줘. 진심으로 간절하게 애원하는 거니까 들어주리라고 믿어.

너를 언제나 사랑하는 빅토르

우리는 1주일 후에 제네바에 도착했다. 엘리자베스는 우리를 따뜻하게 맞아주었다. 그녀는 내 야윈 몰골을 보고 눈물을 흘렸다. 그녀도 몸이 말라 예전에 나를 매혹시켰던 생기발랄한 매력을 많이 잃어버렸다. 하지만 훨씬 더 온화해지고 부드러워져서 나처럼 피폐한 사람에게는 더없이 어울리는 동반자였다.

도착한 지 얼마 지나지 않아 아버지는 내게 하루라도 빨리 결혼을 하라고 말씀하셨다. 나는 아무 대답도 하지 않았다. 하지만 나는 엘리자베스에게 편지를 쓸 때의 내 생각을 속으로 다시 다졌다. 결국 나는 엘리자베스만 좋다고 한다면 열흘 안에 예식을 올리겠다고 아버지께 말씀드렸다. 이로써 나는 이 세상과 작별이라고 생각했다. 대신 엘리자베스와 내 가족의 안녕을 보장할 수 있다면 내 목숨은 기꺼이 내놓을 준비가 되어 있었다.

오, 하지만, 하느님 맙소사! 나는 괴물의 의도를 완전히 잘못 알고 있었던 것이니! 내가 단 한순간이라도 놈의 의도가 뭘까 생각했더라면 이 참담한 결혼에 동의하지 않았을 것을! 차라리 스스로 고향 땅에서 영원히 추방되어 외로운 방랑자로 세상을 떠돌았을 것을! 그러나 괴물은 무슨 마법의 힘이라도 지닌 것처럼 내 눈을 멀게 해 그의 진짜 의도를 알 수 없게 만들었던 것이었다. 나는 오로지 나 자신의 죽음만을 생각했다. 그리고 그 결과 훨씬 더 소중한 사람의 희생을 재촉하고야 말았다.

결혼 날짜가 가까워올수록 두려움에 심장이 두근거렸지만 나는 즐거운 얼굴로 내 속마음을 감추었다. 결혼식 준비는 착착 진행되었다. 나는 내 불안감을 마음속에 꼭꼭 감추고 성심성의껏 아버지의 계획을 따랐다. 모든 게 기껏해야 내가 맞이할 비극의 장식품이라는 생각이 들었지만 나는 겉으로 내색을 하지 않았다.

우리는 콜로니 근처에 신혼 집도 마련했다. 시골 분위기이면서도 아버지를 자주 볼 수 있을 만큼 제네바와 가까운 곳이었다. 아버지는 에르네스트의 공부를 위해서 여전히 성내에 사시길 원했다.

나는 괴물의 예기치 않은 공격에 대비하여 꼼꼼히 신변보호 조치를 했다. 항상 권총과 단검을 휴대했으며 무슨 계략이라도 없는지 꼼꼼히 살폈다. 결혼식 날짜가 가까워지자 이상하게 마음의 평정을 찾을 수 있었다. 괴물의 협박이 흡사 일종의 망상처럼 여겨지고 결혼을 통해 얻게 될 행복이 더 확실한 현실처럼 생각되기도 했다.

드디어 결혼식 날이 되었다. 엘리자베스는 행복해 보였다. 내 차분한 행동이 그녀의 마음을 가라앉히는 데 큰 역할을 했다. 그러나 그녀는 섬세했다. 결혼식 당일에는 무슨 예감이라도 느낀 것처럼 우수에 젖은 모습이었다. 어쩌면 결혼식 다음 날 내가 털어놓겠다고 한 무서운 비밀에 대해 생각하고 있었는지도 모른다.

예식이 끝나자 성대한 연회가 아버지 집에서 열렸다. 하지만 엘리자베스와 나는 그날 밤을 에비앙에서 지내고 다음 날 콜로니로 돌아갈 예정이었다. 날씨가 청명했고 바람도 순조로웠기에 우리는 배를 타고 에비앙까지 가기로 했다. 그때가 내 인생에서 마지막으로 행복을 느낀 때다.

우리가 탄 배는 빠른 속도로 앞으로 나아갔다. 호수 한편으로 유려한 강둑이 보였고 아주 멀리 아름다운 몽블랑산도 보였다. 반대편 강둑을 따라 장대한 쥐라산맥이 검은 모습을 드러내고 있었다. 마치 고향 땅을 떠나려는 야심을 가로막고, 고국 땅을 침략하는 자를 방어하는 장벽 같았다.

나는 엘리자베스의 손을 잡고 말했다.

"오, 내 사랑, 슬픔에 젖어 있구나. 모두 나 때문이야. 아, 내가 겪은 일, 앞으로 겪어야 할 일들을 네가 안다면! 제발 오늘만은 우리에게 주어진 이 평온함과 휴식의 순간을 즐기게 해줘."

엘리자베스가 대답했다.

"빅토르, 우리는 행복해야 해. 비록 내 얼굴에서 기쁨을 발견하지 못하더라도 내 마음은 더없이 행복하니까 걱정하지 마. 내 귓가에 무슨 불길함을 알리는 말들이 떠도는 것 같지만 귀 기울이지 않을 거야. 자, 봐! 얼마나 신성한 날이야! 정말 온 자연이 행복하고 평온해 보여."

순간 그녀의 눈에 기쁨의 빛이 반짝였다. 하지만 곧 깊은 몽상에 빠졌다. 우리는 해가 수평선 아래로 모습을 감추려는 순간 뭍에 배를 댔다. 호숫가에 닿자 나는 다시 두려움에 사로잡혔다. 그 무언가 무시무시한 일이 일어날 것만 같은 두려움에.

제20장

**189**

# 제21장

저녁 8시였다. 우리는 호숫가를 짧게 산책한 후 여관으로 돌아와, 아직 검은 윤곽을 드러내고 있는 호수와 숲, 산의 감미로운 정경을 바라보았다. 서풍이 강하게 불어오고 있었고 달이 서서히 기울기 시작하고 있었다. 구름이 빠르게 흘러가며 달빛을 흐려놓았고 호수에는 파도가 점점 더 거세지고 있었다. 잠시 후 돌연 심한 폭우가 쏟아지기 시작했다.

낮 시간에는 비교적 평온하게 지낼 수 있었는데 이렇게 밤이 되자 수많은 두려움이 밀려왔다. 나는 초조해지고 예민해져서 오른손으로 주머니에 넣어둔 권총을 움켜쥐고 있었다. 조그만 소리에도 겁이 더럭 났지만 내 목숨을 그렇게 헐값에 팔지는 않으리라고 마음을 다졌다. 내 목숨이건 놈의 목숨이건 한쪽이 끝장날 때까지 결연하게 싸우리라고 나는 각오하고 있었다.

엘리자베스는 동요하는 내 모습을 겁에 질려 바라보고 있었다. 마침내 그녀가 말했다.

"빅토르, 왜 그렇게 안절부절못하는 거야? 뭐가 그렇게 두려운 거야?"

"오, 엘리자베스! 제발, 아무 말도 말아줘. 오늘 밤만 지나면 다 잘될 거야. 하지만 오늘 밤은 끔찍하게 무서운 밤이야."

시간이 좀 흐르자 괴물과 나의 대결 광경을 아내가 보게 된다면 얼마나 끔찍하게 여길 것인가 하는 생각이 뇌리를 스쳤다. 나는 아내에게 먼저 잠자리에 들라 했다. 나는 괴물이 지금 어떤 짓을 하고 있는지 좀 더 자세히 상황 파악을 한 후에야 잠자리에 들 수 있을 것 같았다.

그녀가 내 곁을 떠나 침실로 들어가자 나는 계속 여관집 안 여기저기를 서성이며 놈이 숨어 있을 만한 곳을 샅샅이 살펴보았다. 그러나 흔적조차 찾을 수 없었다. 놈에게 뭔가 일이 생겨, 자신의 계획을 실행하지 못하게 된 게 아닌가 하는 희망까지 은근히 생겼다.

바로 그 순간이었다. 갑자기 날카롭고 소름 끼치는 비명이 들렸다. 바로 엘리자베스가 들어간 그 방에서 나는 소리였다.

그 소리를 듣는 순간, 내 온몸의 근육이 얼어붙었다. 혈관 속에서 피가 고동치는 소리가 들려왔고 손발 끝이 저려왔다.

다시 비명이 들렸다. 나는 황급히 침실로 뛰어들었다.

오, 하느님 맙소사! 나는 왜 그 순간 죽어버리지 못한 것일까? 왜 이렇게 살아남아 이 세상에서 가장 순수한 존재가 파멸에 이른 이야기를 월턴 당신에게 하고 있는 것일까?

그녀가 거기에 있었다. 생명이 없는 시신이 되어 미동도 없이, 침대에 가로로 던져진 모습 그대로, 머리를 축 늘어뜨린 채, 창백한 얼굴이 머리카락에 반쯤 가려진 채, 바로 거기에 그렇게 있었다. 미친 듯이 눈을 감고 고개를 흔들어보아도 온통 그 한 가지 영상만이 보일 뿐이었다. 신혼의 잠자리, 아니 그보다는 차라리 신혼의 관 위에 던져져 있던 핏기 없이 축 늘어진 그녀의 몸의 영상!

아아, 그런 일을 겪고도 살아남을 수 있었단 말인가? 아아, 목숨이란 것을 얼마나 모진 것인가? 살아 있음을 맹렬히 혐오스러워 하는 그 순간에도 끈질기게 들러붙어 있다니! 나는 의식을 잃었다.

내가 정신이 들었을 때 나는 낯선 방 침대에 누워 있었고 주변을 여관 사람들이 둘러싸고 있었다. 그들의 얼굴에는 더할 나위 없는 공포심이 드러나 있었다. 하지만 나를 짓누르는 공포감에 비하면 그냥 시늉에 불과했다. 나는 그들에게서 벗어나 엘리자베스의 시신이 있는 곳으로 갔다. 내 사랑, 내 아내, 얼마 전까지만 해도 살아 있던 소중하고 귀했던 사람!

사람들은 이미 그녀를 반듯하게 눕혀놓고 있었다. 머리를 팔에 고이고 손수건으로 얼굴을 가리고 있어 마치 편안하게 잠들어 있는 것 같았다. 나는 그녀에게 달려가 열렬히 포옹했다. 하지만 더 이상 내가 사랑하고 아꼈던 엘리자베스가 아니었다. 그녀는 이제 싸늘하게 굳은 시신일 뿐이었다.

악마의 손자국이 그녀 목덜미에 남아 있었고 그녀의 입술에서는 더 이상 숨결이 새어나오지 않고 있었다. 한없는 절망감에 그녀를 굽어보고 있다가 나는 문득 눈길을 들었다. 어둡기만 하던 창문으로 창백한 달빛이 스며들어오고 있었고 나는 공포에 떨었다. 덧창이 열려 있었고 바로 그 창가에서 나는 형용할 수 없는 공포감에 사로잡힌 채, 그 추악하고 혐오스러운 괴물의 모습을 알아보았다. 괴물은 손가락을 들어 아내의 시신을 가리키며 나를 비웃는 웃음을 흘렸다. 나는 허겁지겁 창가로 달려가 권총을 꺼내어 발사했다. 그러나 괴물은 재빨리 몸을 피해 달아나더니 호수에 풍덩 뛰어들었다.

총소리에 사람들이 몰려들었다. 놈이 사라진 쪽을 내가 손가락으로 가리켰고 우리는 배를 타고 놈의 자취를 쫓았다. 그물을 던지는 등 몇 시간을 헤매며 놈을 찾아 헤맸지만 놈은 종적이 없었다. 우리는 아무런 소득 없이 돌아왔다. 나는 탈진해서 자리에 누워 있었다. 수색조가 숲과 포도밭을 헤치며 놈을 찾으러 나섰지만 그들을 따라나설 힘이 내게는 없었다.

공포와 분노에 휩싸인 채, 거의 시체처럼 누워 있던 나는 갑자기 정신이 번쩍 들었다. 놈이 이제 내 아내까지 해쳤으니 무슨 짓인들 못하랴! 아버지가 그의 손아귀에서 몸을 버둥거리고 있거나 에르네스트가 그의 발치에 죽은 채 꼼짝 않고 누워 있을 수도 있었다. 그 생각이 들자 나는 몸을 벌벌 떨며 정신을 차리고 자리에서 일어났다.

나는 제네바에 도착했다. 다행히 아버지와 에르네스트는 무사했다. 그러나 아버지는 엘리자베스 소식을 듣고 그 자리에서 쓰러지고 말았다. 그렇게 열렬히 사랑했던 친 딸과 같았던 엘리자베스, 죽는 날까지 사랑하리라 생각했던 며느리가 세상을 떠났다는 소식은 아버지에게서 모든 에너지를 빼앗아버렸다.

아버지에게 뇌졸중이 찾아왔고 며칠 후 아버지는 내 품에서 돌아가셨다. 내가 어찌 정신이 멀쩡할 수 있었겠는가? 나는 내육신의 모든 감각을 잃었다. 나는 우울증에 걸렸고 정신병원에갇히기도 했다.

그러나 나는 곧 정신을 차렸다. 나를 정신 차릴 수 있게 해준것은 다름 아닌 놈을 향한 복수심, 바로 그것이었다. 내가 창조한 괴물의 머리에 기어코 파멸의 치명상을 가하고 말리라는 복수심, 바로 그것이었다. 나는 괴물을 잡을 수 있는 최선의 방법이 무엇인가 고민하기 시작했고 얼마 후 시내로 치안판사를 찾아갔다. 나는 그에게 우리 가족을 살해한 놈을 알고 있으며 그를 고발하니 제발 그를 체포해달라고 요구했다.

치안판사는 호의적이었다. 그는 모든 수고와 노력을 다해 범인을 잡겠다고 내게 말했다. 그의 말에 나는 이전까지 그 누구에게도 비밀로 했던 이야기를 해주기 시작했다.

"정말로 감사합니다. 그렇다면 이제부터 제가 드리는 말씀을귀담아 들어주십시오. 참으로 기이한 이야기라서 믿지 않으실까봐 겁이 납니다. 하지만 절대로 꿈같은 이야기가 아닙니다. 앞뒤가 철저히 들어맞는 이야기이고 제가 지어낸 것은 하나도없습니다. 모든 것이 명백한 사실이고 진실입니다."

나는 가능한 한 차분하려고 애를 쓰면서 그동안 있었던 일을 이야기해주었다. 짧막하게 내 사연을 말하되, 객관적으로 확실하게 날짜를 짚어 그가 믿을 수 있게 하려고 힘을 썼다. 심지어 나는 괴물을 향한 분노도 드러내지 않았고 독설도 하지 않았으며 감탄사 한 번 내지르지 않았다.

치안판사는 처음에는 믿지 못하겠다는 표정이었지만 이야기가 진행될수록 점점 더 흥미를 갖고 귀를 기울였다. 그리고 가끔 얼굴에 경악과 공포에 질린 표정이 나타나기도 했다. 이야기를 끝낸 후 나는 치안판사의 의무로서 괴물의 체포에 나서줄 것을 공식적으로 요청했다.

내 말에 치안판사의 표정이 변했다. 그는 유령 이야기를 듣는 것처럼 반신반의하면서 내 이야기를 들었다. 하지만 공식적인 요청을 받자 불신하는 마음이 커진 것이다. 그는 온화하게 대답했다. 아마 가장 온당한 거절의 답을 찾은 것이리라.

"선생님이 그 괴물을 추적하시겠다면 가능한 한 모든 원조를 다 제공하겠습니다. 그러나 선생님 말씀을 들으니 놈은 초인적인 능력을 가진 것 같습니다. 아무리 노력해도 놈을 추적하는 것은 불가능할 것 같다는 생각이 드는군요. 얼음 바다를 가로지를 수 있고 사람의 발길이 미치지 않는 동굴에서도 얼마든지 살아갈 수 있는 자를 어떻게 추적할 수 있겠습니까? 또 괴물이 선생님이 말씀하신 능력을 가지고 있다면 설사 찾아낸다 해도 체포가 어려울 것 같군요."

나는 분노에 이글거리는 눈을 하고 판사에게 말했다.

"제가 무슨 말을 해도 소용이 없겠군요. 판사님께는 복수하고 싶은 마음이 없으니까요. 복수심이 미덕이 아닌 건 저도 알지만 지금 제게 남아 있는 열정은 그것밖에 없습니다. 제가 풀어놓은 살인자가 아직 살아서 돌아다니고 있다는 생각만 해도 이루 말로 다할 수 없는 분노가 치밀어 오릅니다. 판사님이 거절하시니 이제 저 혼자 저놈을 파멸시키는 데 제 온몸을 다 바치겠습니다."

말을 하면서 나는 억누를 수 없는 격정에 몸이 부르르 떨려왔다. 거의 순교자와 같은 고결하고 맹렬한 열정이 나를 덮쳤다. 그러나 전혀 다른 생각에 사로잡혀 있던 치안판사의 눈에는, 내가 고고한 정신적 열정에 사로잡힌 게 아니라 광기에 들떠 있는 것으로 보였을 것이다. 그는 아기를 달래듯 나를 진정시키려고 애썼다.

그런 그에게 내가 외쳤다.

"이런 무지한 인간! 입 닥치시오! 당신은 당신이 지금 무슨 말을 하고 있는지도 모르고 있단 말이오!"

　나는 속이 뒤집힌 채 집으로 돌아와 다른 방법이 없을까, 곰곰 생각했다.

# 제22장

 

오로지 분노만이 나를 이끌었고 복수심만이 내게 힘을 주었다. 복수심이 나를 정신착란에서 벗어나 계산적이고 냉정하게 해주었다.

내가 냉정하게 내린 첫 번째 결단은 제네바를 떠나는 것이었다. 내가 행복했던 시절 너무나 소중했던 나의 조국은 이제 괴물이 살고 있는 증오의 땅이 되었다. 나는 돈을 구하고 어머니 소유였던 보석 몇 개를 챙겨 제네바를 떠났다. 내가 이곳을 떠나면 괴물이 나를 따르리라!

이제 나의 방랑이 시작되었다. 목숨이 끊어지는 날에야 끝이 날 방랑이었다. 광활한 대지를 건넜고 온갖 역경을 다 이겨냈다. 도중에 수없이 죽음의 유혹을 받았으나 복수가 내 목숨을 지탱

했다. 절대로, 원수를 살려놓은 채 나 혼자 죽을 수는 없었다.

나의 방랑을 인도한 것은 바로 그 악마였다. 악마는 끊임없이 나를 비웃으며 나를 따라오라 유혹하고, 멀찌감치 도망가버리곤 했다. 놈이 나를 어떻게 유혹했는지 알려면 다시 제네바를 출발하던 때로 돌아가야겠다.

제네바를 떠난 후 나는 악마의 흔적을 찾아 이리저리 헤매었다. 그러나 결국 나도 모르게 윌리엄과 엘리자베스, 그리고 아버지가 잠들어 있는 묘지에 이르게 되었다. 나는 다시 한번 절망했다. 아아, 사랑하는 그들은 죽고 나는 살았다. 그들을 죽인 살인자도 살아 있었다. 나는 그를 파멸시키기 위해 지쳐빠진 육신을 질질 끌고 가야만 한다. 나는 땅바닥에 입술을 맞추며 떨리는 목소리로 외쳤다.

"내가 무릎을 꿇고 있는 신성한 대지에 대고 맹세한다. 밤의 정령들이여, 나는 이런 불행을 가져온 악마를 끝까지 추적하리라. 복수를 행하기까지 나는 목숨을 부지하리라. 죽은 자들의 영이여, 방랑하는 복수의 정령들이여, 내 그대들을 부르노니 제발 나를 인도하라. 저주받은 지옥의 악마에게 고뇌를 선물하라. 지금 내가 느끼는 절망을 그가 느끼게 하라."

그때였다. 밤의 정적을 뚫고 너털웃음이 들려왔다. 산맥이 그

웃음소리를 받아 메아리치자, 마치 온통 나를 비웃는 지옥에 있는 느낌이었다. 이어서 웃음소리가 잦아들더니 내가 너무나 잘 알고 있는 혐오스러운 목소리가 아주 가까운 데서 들렸다.

"좋아, 아주 좋아. 살겠다고? 참으로 한심한 인간! 정말 만족스러워."

나는 소리가 들리는 쪽으로 달려갔다. 하지만 악마는 곧 내 사정권에서 벗어났다. 인간의 속도라 할 수 없는 빠른 속도로 도망치는 그의 모습이 달빛에 보였다. 그때부터 끝없이 이어질 추적이 시작되었다.

나는 그의 자취를 찾아 굽이치는 론강을 따라갔고 지중해를 건넜다. 그는 가끔 자신의 모습을 드러내며 나를 유도했다. 흑해로 향하는 배에 타는 그의 모습을 보고 배에 오르기도 했으며 타타르와 러시아 황야를 헤매기도 했다. 그는 내가 절망해서 죽는 것을 원치 않는 듯, 가는 곳마다 발자취를 남겼다.

추위와 궁핍, 피로 따위는 아무것도 아니었다. 내가 가는 곳이 바로 지옥이었다. 마치 내 속에 악마를 품고 있는 것 같았다. 내가 겨우 평온에 빠질 수 있는 것은 잠들었을 때뿐이었다. 그때면 나를 수호해주는 정령들이 내게 다가와 나를 위로해주고 힘을 주는 것 같았다. 꿈속에서 나는 사랑스러운 이들, 이미 죽어버린 내 사랑하는 이들을 살아 있는 모습으로 만났다.

내게서 도망가는 괴물이 어떤 생각을 하고 있었는지 나는 모른다. 그러나 그는 가끔 나무껍질이나 돌에 글을 새겨 길을 안내하고 내 분노를 촉발시켰다. 이런 것들이었다.

"나의 권세는 아직 완수되지 않았다."

"살아라, 그러면 내 권능이 완성될 것이다. 나를 따르라. 나는 북극의 빙하로 향할 것이다. 거기서 나는 끄떡도 하지 않을 추위와 얼음의 고통을 너는 맛보리라. 거기서 너는 죽은 토끼를 발견하게 될 것이다. 그걸 먹어라! 어서 와라, 나의 적이여! 우리의 마지막 결투의 날이 오기까지 너는 수많은 고통과 비참을 겪어야만 하리라."

세상에 악마가 나를 비웃다니! 나의 복수심은 더 커졌다. 북쪽으로 여행을 계속하는 동안 눈발이 굵어졌고 참을 수 없을 만큼 추위가 몰려왔다. 나는 먹이를 찾아 은신처에서 나온 동물들을 사냥하며 허기를 메웠다. 내가 힘겨워하면 힘겨워할수록 놈의 승리감은 커지는 것 같았다. 그는 이런 글귀를 남기기도 했다.

"준비하라! 네 시련은 이제 겨우 시작되었을 뿐이다. 모피로 몸을 감싸고 식량을 준비하라. 너의 고통으로 나의 영원한 증오를 충족시켜줄, 그런 여행이 이제 시작되었도다."

나는 용기를 잃지 않았다. 도와달라고 하늘에 기도하면서, 불굴의 의지로 여행을 계속하여 드디어 얼음의 나라에 도착했다. 나는 무릎을 꿇고, 나를 그곳까지 인도해준 내 수호 정령들에게 감사했다.

내가 얼음 바다에 도착했을 때 괴물은 겨우 하루 정도 나를 앞서가고 있었다. 나는 새롭게 용기를 내어 추적을 계속했고 이틀 후에는 바닷가 어느 초라한 마을에 도착할 수 있었다. 나는 마을 주민들에게 악마에 대해 물어보고 정확한 정보를 얻었다. 그들 말로는 장총 한 자루와 권총 여러 자루로 무장한 거대한 괴물이 한적한 오두막에 사는 사람들을 몰아냈다는 것이다. 괴물은 그들의 겨울 식량을 모두 다 썰매에 싣고 개들을 여러 마리 썰매에 묶은 다음, 그날 밤 육지와는 반대 방향으로 길을 떠났다는 것이다. 주민들은 괴물이 얼음이 깨져 물에 빠져 죽거나, 얼어 죽을 거라며 안도하고 있었다.

그 소식을 듣고 나는 잠시 절망에 빠졌다. 이제 태산 같은 빙하를 가로질러 죽음의 여행을 계속해야 했다. 그곳 기후에 익숙한 마을 주민들조차 두려워하는 추위를 따뜻한 곳에서 살다 온 내가 버틸 수 있으리라는 기대는 할 수도 없었다. 그러나 악

제22장

**203**

마가 살아서 기승을 부리고 있다는 생각만 해도 분노와 복수심
이 밀려와 두려움 따위는 집어삼켜 버렸다. 잠시 휴식을 취하
는 사이 죽은 자들의 혼령이 나를 에워싸고 떠돌며 온 힘을 다
해 복수하라고 나를 부추겼다. 나는 여정에 필요한 물자를 준
비했다. 그리고 썰매를 타고 그곳을 떠나 놈을 추적하기 시작
했다.

그 후로 며칠이 흘렀는지는 짐작조차 할 수 없다. 나는 이루
말할 수 없는 참혹한 고생을 겪었다. 내 심장에서 불타오르는
복수심이 아니었다면 결코 버틸 수 없었을 것이다. 광대하고
험준한 얼음산들이 내 앞을 가로막기 일쑤였고 얼음이 녹아 무
너져 내리는 굉음에 몸을 떨기도 했다.

남은 식량으로 보아 아마 3주 정도 힘든 여행을 했을 것으로
보인다. 어느 날 나는 간신히 경사진 얼음산 정상에 올랐다. 썰
매를 끌던 개 몇 마리가 중노동에 지쳐서 죽어가고 있었다. 나
는 기쁨의 비명을 질렀다. 놈의 모습이 눈에 들어온 것이다! 뜨
거운 눈물이 솟구쳤지만 나는 행여 악마를 시야에서 놓칠까봐
황급히 눈물을 닦았다.

지체할 시간이 없었다. 개들이 충분히 휴식을 취하지 못했지

만 나는 길을 떠났다. 잠깐씩 얼음바위가 앞을 가릴 때를 제외하고는 악마가 탄 썰매를 시야에서 놓치지 않았다. 거리도 조금씩 좁혀지고 있었다. 거의 이틀에 걸쳐 놈을 추적한 결과 겨우 1킬로미터 정도밖에 안 되는 거리에서 놈의 모습을 볼 수 있게 되자 내 심장은 쿵쿵 뛰었다.

그런데 바로 그때, 나의 원수가 내 손에 당장이라도 잡힐 것 같은 그 순간, 내 모든 희망이 사러져 버렸다. 얼음이 깨지는 소리가 들렸고, 놈이 시야에서 사라진 것이다. 얼음이 깨지는 우레와 같은 소리가 점점 커졌고 발밑에서는 물이 요동치며 불어오르기 시작했다. 그러더니 엄청난 충격과 함께 빙하가 쩍 갈라져버렸다. 그리고 나는 흩어진 유빙 위에서 표류하는 신세가 되었다. 내 앞에는 참혹한 죽음만이 놓여 있었다. 개들은 벌써 몇 마리나 죽어 넘어졌다.

이렇게 공포에 사로잡혀 떠돌다가 쓰러지기 일보 직전이 되었을 때 당신네 배를 발견한 것이다. 나는 썰매 일부를 부수어 노를 만든 뒤, 얼음 뗏목을 당신 배가 있는 곳으로 저어왔다. 당신에게 간청해서 놈을 계속 추적할 수 있도록 보트를 한 척 내달라고 할 작정이었다. 당신이 나를 배에 태웠을 때는 기운이 완전히 소진되어 거의 죽어버릴 것만 같았다. 사명을 완수하지

제22장

**205**

못하고 죽는 것이 안타까울 뿐이었다.

아! 나의 수호 정령은 과연 나를 악마에게 데려다줄 것인가? 아니면 나는 죽고 놈은 계속 살아남게 되는 것일까? 월턴 경, 맹세해달라. 내가 죽는다면 놈이 도망치지 못하게 하겠다고. 당신이 놈을 찾아내서 내 복수를 완수해주겠다고.

아아, 하지만 내가 감히 그 고난의 순례를 맡아달라는 부탁을 당신에게 할 수 있는 것일까? 아니다. 나는 그렇게 이기적인 사람은 아니다. 대신 한 가지 약속을 해달라. 만일 내가 죽은 뒤 놈이 나타난다면, 내 복수의 정령들이 놈을 당신에게 인도한다면 절대 살려두지 않겠다는 약속만 해달라. 놈이 또 나 같은 폐인을 만들지 못하도록.

놈은 유창한 달변으로 사람을 설득할 줄 안다. 한때 놈의 말에 내 마음이 흔들릴 정도였으니까. 그러나 놈을 믿지 말라. 놈의 영혼은 배신과 악의로 가득 찬 지옥 그 자체다. 그 괴물의 말에 귀를 기울이지 말라. 윌리엄, 유스틴, 클레르발, 엘리자베스, 아버지, 그리고 이 불쌍한 빅토르의 혼령을 불러, 그 혼령들의 힘으로 놈의 심장에 검을 꽂으라. 내가 그대 곁에 머물며 칼날을 정확히 이끌어주겠다.

# 이어서 쓴 월턴의 편지

17××년 8월 26일

누님, 다 읽으셨나요? 정말 기괴하고 무서운 사연이지요?
누님은 정말 그런 괴물이 있는지 의심스러우시겠지요?
하지만 그런 괴물은 정말로 존재합니다. 저는 확실히 믿
습니다. 무엇보다 그의 이야기에 일관성이 있고, 또 그가
보여준 펠릭스와 사피의 편지들은 그의 이야기가 사실임
을 믿게 해줍니다. 프랑켄슈타인은 그가 해준 말을 내가
틈틈이 기록했다는 것을 알고 여러 군데를 손보거나 덧
붙이기도 했습니다. 기왕에 자기 사연이 알려질 바에야,
후세에 정확히 전해지는 걸 원한다고 하더군요.

그의 이야기를 듣는데 꼬박 1주일이 걸렸습니다. 인간의 상상력이 만들어낸 그 어떤 이야기보다 기괴한 사연이었지요. 저는 그를 위로해주고 싶습니다. 힘을 내어 살아가라고 해주고 싶습니다. 하지만 불가능한 일입니다. 그는 이제 위로 같은 것은 원치 않는 철저한 불행에 빠져 있습니다.

물론 우리의 대화가 항상 불행한 과거에만 국한되어 있는 것은 아닙니다. 그가 알고 있는 지식을 주제로 이야기를 나누기도 합니다. 특히 문학에 대해 그는 무한한 지식을 지니고 있으며 날카로운 통찰력을 갖고 있습니다. 그런 이야기를 나눌 때면 그는 정말 고상한 인격을 그대로 느끼게 해줍니다. 폐인이 된 지금도 저러니 전성기 때는 어떤 사람이었을까요?

누님, 저는 이 아름다운 사람을 잃을 수밖에 없는 걸까요? 제가 늘 친구를 갈망해 왔다는 걸 누님도 아시지요? 바로 그런 사람이 찾아온 셈인데 그를 곧 다시 잃게 될 것 같아 두렵습니다. 그를 삶과 다시 화해하게 해주고 싶지만 그의 앞에서 그런 말은 꺼낼 수도 없습니다.

그는 제게 이렇게 말하더군요.

"월턴, 이렇게 한심한 위인에게 베풀어준 친절에 감사해요. 하지만 새로운 인연이, 새롭게 알게 된 사람을 향한 애정이 이미 세상을 떠난 사람들 것을 대신할 수 있을까요? 세상 어떤 남자가 내게 클레르발 같은 존재가 될 수 있고 어떤 여자가 엘리자베스를 대신할 수 있을까요? 그들은 어린 시절부터 나와 함께 했습니다. 날 달래는 엘리자베스의 목소리. 클레르발의 목소리가 내 귀에 다시 들리는 것 같습니다. 그들은 죽었어요. 내가 목숨을 부지하도록 설득하려면 인류를 널리 이롭게 할 수 있는 일을 나 보고 해보라면 될 겁니다. 그 일을 끝낼 때까지 난 살아있겠지요. 하지만 그런 건 이제 내 운명이 아닙니다. 나는 내가 생명을 준 존재를 추적해 파괴해야 합니다. 그 일만 마무리되면 나는 죽어도 좋습니다."

9월 2일

사랑하는 누님,
사면초가의 위험에 놓여 이 편지를 씁니다. 제가 고국 영

국 땅과 사랑하는 친구들을 다시 볼 수 있을는지도 모르
는 채 이 편지를 씁니다. 사방을 얼음 산맥이 둘러싸고
있으며 탈출구는 보이지 않습니다. 당장이라도 얼음이
우리 배와 충돌할 것만 같습니다. 선원들은 모두 제 얼굴
만 바라보고 있는데 제가 해줄 일은 아무것도 없습니다.
제 불행한 손님은 더할 나위 없이 따뜻한 눈길로 저를 바
라봅니다. 제게 희망을 불어넣으려고 애쓰고 있어요. 선
원들도 그의 달변에 위안을 얻습니다. 그가 말을 하면 더
이상 절망하지 않아요. 그는 선원들의 원기를 북돋워줍
니다.
하지만 상황이 너무 절망적이라 선원들의 마음에는 두려
움이 가득합니다. 절망상태에서 선원들이 선상반란이라
도 일으키지 않을까 걱정입니다.


9월 5일


우려하던 일이 방금 벌어졌습니다. 오늘 아침 친구의 야
윈 얼굴을 바라보고 있는데 선원 대여섯 명이 선실로 들
어왔습니다. 그들 중 우두머리가 제게 말하더군요. 이런

위험에서 빠져나와 자유롭게 항해할 수 있게 되면 곧장 항로를 남쪽으로 잡자는 약속을 하자는 것이었습니다.

저는 고민에 빠졌습니다. 배가 위험에서 벗어난다고 해도 돌아가고 싶은 마음이 없었기 때문이지요. 하지만 그들의 요구를 정당하게 거절할 수 있을까요? 도대체 거절하는 게 가능하기나 할까요? 저는 대답을 망설였습니다. 그때였습니다. 그들의 말을 들을 힘도 없어서 가만히 있는 것처럼 보이던 프랑켄슈타인이 갑자기 벌떡 몸을 일으켰습니다. 눈빛은 반짝이고 뺨은 생기로 물들어 있었습니다. 선원들을 향해 몸을 돌리더니 그가 말했습니다.

"무슨 말입니까? 그렇게 쉽게 계획을 포기하겠다는 겁니까? 애당초 영예를 위한 원정이 아니었나요? 왜 영예로 왔던 거지요? 남쪽 바다처럼 순조로운 게 아니라 위험과 공포가 앞에 첩첩이 놓여 있었기 때문이 아닌가요? 여러분의 강인함과 용기를 발휘해야 하는 그런 길에 나섰기 때문이 아닌가요? 이 일을 완수하고 나면 여러분은 인류에 공헌한 사람으로 칭송받을 겁니다.

그런데 처음 만난 위협 앞에서 이렇게 굴복할 겁니까? 추위와 위험을 견딜만한 힘이 없었던 사람으로 후세에 전해

져도 좋다는 거군요. 그러려고 이 모든 준비를 한 겁니까? 여러분, 남자답게 행동하십시오. 아니, 남자 이상의 존재가 되십시오. 확고한 의지를 가지고 반석처럼 든든히 버티십시오. 얼음은 여러분을 이길 수 없습니다. 얼음은 변하기 쉬우니까요. 이마에 굴욕의 낙인을 찍은 채, 고개를 떨군 채 가족에게 돌아가려는 겁니까? 안 됩니다. 싸움에 승리한 영웅이 되어 돌아가십시오. 적에게 등을 돌린다는 건 상상할 수도 없는 그런 영웅이 되어 돌아가십시오."

그의 목소리는 듣는 이의 마음을 움직였고 눈빛은 숭고한 기상으로 충만해 있었습니다. 사람들은 감동할 수밖에 없었습니다. 선원들도 서로 눈을 마주치며 아무 말도 못하더군요. 저는 일단 물러가서 지금 들은 말을 곰곰이 생각해보라고 했습니다. 선원들이 끝까지 반대한다면 북쪽으로의 항해를 고집하지는 않겠지만 그래도 깊이 한번 생각해보고 용기를 되찾기를 바란다고 했습니다. 그들은 뒤로 물러나더니 고개를 돌려 다시 한번 제 친구를 바라보았습니다. 그는 방금 열변을 토한 사람이 과연 맞는지 의심이 갈 정도로 무기력 상태에 빠져 있었고 생명이 거의 붙어 있지 않은 것 같았습니다.

일의 결말이 어떻게 될지 저는 알 수 없습니다. 다만 목표를 달성하지 못하고 굴욕적으로 돌아가느니 차라리 죽고 싶을 뿐입니다.

9월 7일

주사위는 던져졌습니다. 우리가 요행히 살아남는다면 귀향하는데 동의했습니다. 제 소망이 이렇게 시들어버렸습니다. 저는 화가 난 채 돌아갑니다.

9월 17일

다 끝났습니다. 영국으로 돌아갈 겁니다. 영광도 잃고 친구도 잃었습니다. 그동안 어떤 일이 있었는지 이 쓰라린 상황을 누님께 자세하게 묘사하고 싶습니다.
저의 고국, 누님 곁으로 가고 있는 동안 힘을 내서 계속 쓰렵니다.
9월 9일, 얼음들이 움직이기 시작하더니 천둥 같은 소리를 냈습니다. 여기저기 얼음 덩어리들이 갈라지고 쪼개

졌습니다. 위급한 상황이었지요. 그러나 우리가 할 수 있는 일은 없었습니다. 저는 제 손님이자 친구에게만 관심을 쏟고 있었습니다. 그는 병세가 위독해서 침대에 누워 있어야만 했습니다. 열이 대단했습니다.

그사이 깨진 얼음들이 북쪽으로 떠밀려갔습니다. 그리고 서풍이 불어와 남쪽으로 향하는 11번 항로가 훤하게 열렸습니다. 고국으로 돌아갈 수 있게 된 선원들은 환호성을 내질렀습니다. 어렴풋이 잠에 빠져 있던 프랑켄슈타인이 무슨 일이냐고 물었습니다. 곧 영국으로 돌아가게 되었다고 내가 대답했더니 그가 말했습니다.

"결국 선원들 뜻대로 되었군요. 그렇지만 저는 안 갈 겁니다. 제 목표는 하늘이 부여한 것이니 감히 포기할 수가 없습니다. 내 몸은 쇠약하지만 내 복수를 돕는 정령들이 틀림없이 내게 힘을 줄 겁니다."

말을 마친 그는 침대에서 벌떡 일어나려 했습니다. 하지만 그게 무리였습니다. 그는 뒤로 쓰러져 혼절해버렸습니다.

한참이 지난 뒤에야 그는 정신을 차렸습니다. 중간에 아예 목숨이 끊어진 게 아닌가 생각한 게 한두 번이 아니었습니다. 그는 눈을 떴지만 말을 할 수가 없었습니다. 선상 의사가 진정제를 처방하더니 친구의 목숨이 몇 시간 남지 않았다고 제게 은밀히 말했습니다. 사형선고가 내려진 것이지요.

저는 침대 곁에 앉아 그를 지켜볼 수밖에 없었습니다. 잠시 후 그가 눈을 뜨더니 가까이 오라고 하면서 나지막이 입을 열었습니다.

"아, 나는 곧 죽을 겁니다. 내 적이자 악마는 살아남겠지요. 월턴 대장, 내가 죽어가면서도 격렬한 증오와 복수심에 사로잡혀 있다고는 생각하지 말아요. 나는 단지 괴물이 죽기를 바라는 게 정당하다는 것을 재차 확인하고 있을 뿐입니다. 나는 요 며칠 동안 내가 한 일에 대해서 곰곰 생각해봤습니다. 내가 과연 잘못한 것일까? 저는 그렇지만은 않다고 결론 내렸습니다. 나는 열정적인 광기에 사로잡혀 이성적인 존재를 창조했습니다. 나는 내가 창조한 존재를 행복하게 해주고 그의 복지를 가능한 한 보장해주어야 했습니다. 그게 제 의무였지요.

하지만 내게는 더 큰 의무가 있었습니다. 바로 동포 인류를 향한 의무였지요. 내가 처음 창조한 괴물이 자신의 동반자를 창조해달라고 요구한 것을 제가 거절한 것은 바로 그 때문이었습니다. 정당한 거절이었습니다. 내가 그의 요구를 거절했다는 이유로 그는 내 친구들을 살해했습니다. 뛰어난 감각과 지혜를 지닌 행복한 사람들을 죽여버렸습니다. 내가 그의 요구를 거절한 것이 옳은 판단이었던 만큼 그를 없애야 합니다. 그 자신이 불행한 존재이며, 또 다른 이들을 불행하게 만들 것이기 때문입니다. 그를 없애는 것이 내 사명이지만 나는 실패했습니다.

이제 대장님께 제가 전에 드렸던 부탁을 다시 드립니다. 그가 대장님 앞에 나타난다면 그를 없애주십시오. 하지만 그때와는 동기가 다릅니다. 그때는 증오심과 복수심에서 부탁을 드렸다면 이번에는 이성과 미덕의 이름으로 부탁을 드립니다.

어쩌면 쓸모없는 부탁인지도 모릅니다. 대장님은 곧 영국으로 돌아갈 것이고 놈을 만날 기회가 없을지도 모릅니다. 다만 만에 하나 기회가 생긴다면 제가 드린 말씀을 심사숙고해서 행동해주시길 부탁드릴 뿐입니다.

이제 제가 사랑하는 사람들의 영혼이 저를 부르고 있습니다. 월턴 경, 안녕히 계십시오. 평온함에서 행복을 찾고

야심에 몸을 맡기지 마세요. 겉보기에 과학은 아무 죄가 없어 보입니다. 하지만 과학이 품은 야심은 위험할 수도 있습니다."

힘겹게 말을 마친 그는 침묵에 빠졌습니다. 반 시간쯤 지나자 그는 힘없이 내 손을 꼭 잡고 영영 눈을 감았습니다. 그리고 그 입술 가에 흐르던 부드러운 미소도 사라졌습니다.

누님, 어떻게 해야 내 깊은 슬픔을 누님께 전할 수 있을까요? 그 어떤 말도 모두 미흡해 보입니다. 제 눈가에 눈물이 흐릅니다.

그런데 무슨 일이 벌어진 걸까요? 무슨 소리가 들리네요. 지금 자정인데. 또 소리가 들리는군요. 인간의 목소리 같으면서도 훨씬 거친 목소리가 들리네요. 프랑켄슈타인이 누워 있는 선실 쪽에서 나는 소리군요. 펜을 놓고 잠시 가보아야겠습니다. 안녕히 주무세요, 사랑하는 누님.


하느님 맙소사! 내가 방금 본 것을 과연 믿을 수 있을 것인지! 누님, 저는 아직도 어지럽습니다. 누님께 자세히 설명할 기운이 남아 있는지 모르겠어요. 하지만 이 마지막

야릇하고 기괴한 이야기가 빠진다면 제가 기록한 이야기는 불완전할 수밖에 없을 것입니다.

나는 불운했던 내 친구가 누워 있는 선실로 들어갔습니다. 그런데 누군가가 시신에 몸을 굽히고 바라보고 있었습니다. 그를 어떻게 묘사해야 할지 도무지 적당한 표현을 찾을 수가 없습니다. 긴 얼굴은 헝클어진 머리카락에 가려져 있었습니다.

제가 들어오는 소리를 들은 괴물은 고통에 젖은 비명을 내지르더니 선실 창문 쪽으로 훌쩍 뛰어 올랐습니다. 그 얼굴만큼 무시무시하고 혐오스러우며 소름 끼치게 추악한 모습은 제 평생 본 적이 없었습니다. 저는 눈을 감고 제 친구가 제게 부탁한 의무를 되새겼습니다. 저는 그에게 가지 말라 소리쳤습니다.

그는 그 자리에 서더니 놀란 눈으로 나를 바라보았습니다. 그러더니 마치 나는 안중에도 없는 듯 다시 자신을 창조한 사람의 시신 쪽으로 돌아섰습니다. 온몸 구석구석이 통제하기 어려운 격정적인 분노로 활활 불타오르는 것 같았습니다.

그가 외쳤습니다.

"저 또한 내 희생자로다! 그의 죽음으로 내 범죄는 완수되었다. 나의 비참한 삶도 이제 끝을 보게 되었구나. 오, 프랑켄슈타인! 선량하고 너그러운 인간이여! 지금 와서 그대에게 용서를 빈들 무슨 소용이 있겠는가? 나는 그대가 사랑하는 사람들을 파멸로 이끌었고, 결국 그대 자신을 파멸시켰다. 아, 이제 그대는 차갑게 식었구나. 내게 대답을 해줄 수 없겠구나."

목이 멘 목소리였습니다. 그의 절규에 호기심과 동정심이 일어, 내 친구의 부탁, 그를 없애달라는 부탁은 잠시 뒷전으로 밀려났습니다. 저는 이 기괴한 존재에게 다가 갔습니다. 하지만 감히 눈을 들어 그 흉측한 존재를 똑바로 바라볼 엄두가 나지 않았습니다.

나는 말을 하려고 했지만 입술이 떨어지지 않았습니다. 괴물은 여전히 되는 대로 자책의 말을 늘어놓고 있었습니다. 나는 괴물의 격정이 가라앉기를 기다린 후 겨우 용기를 내어 그에게 말했습니다.

"후회해도 소용없다. 이 악마, 복수를 행하기 전에 양심에 귀를 기울였다면, 또한 쓰라린 가책을 맛보았더라면 빅토르 프랑켄슈타인은 아직도 살아 있었을 것이다."

그러자 악마가 내게 대답했습니다.

"무슨 헛소리인가? 내가 고통도 몰랐고 양심의 가책도 느낄 줄 몰랐다고 생각하는 건가?"

그는 프랑켄슈타인의 시신을 손가락으로 가리키며 말을 이었습니다.

"내가 범죄를 저지를 때 이 사람만 고통을 겪었다고 믿는가? 아니다. 그때마다 그가 겪은 고통은 내가 겪은 고통의 천분의 일에도 못 미친다. 내 가슴에는 가책의 독액이 흐르고 있었다. 클레르발이 죽어가면서 내뱉은 신음이 내 귀에 음악처럼 들렸을 것이라고 생각하는가? 내 마음은 사랑과 연민을 느끼게끔 만들어졌다. 절망에 의해 내 마음에 증오와 죄악을 품게 되었을 때 내가 얼마나 고통스러웠는지 그대가 상상이나 할 수 있겠는가?

클레르발을 죽인 후 나는 절망한 채 스위스로 되돌아갔다. 프랑켄슈타인이 불쌍했고 나 스스로를 증오했다. 그러나 나를 창조한 후 내게 고통을 안긴 그가 행복한 결혼을 하리라는 것을 알았을 때 질투와 분노에 사로잡혀 복수를 꿈꾸게 만들었다. 내게는 비참과 절망만을 켜켜이 쌓아주고 내게는 영원히 금지된 사랑을 그가 누리려 한다는 것을 알았을 때, 자기 생각만 하는 그의 이기심이 가증스러웠다.

나는 내가 그에게 한 협박을 그대로 실행하겠다고 결심했다. 나 자신에게 치명적인 고문을 자행하는 짓임을 알고 있었지만 나는 내 충동적 본능의 주인이 아니라 노예였다. 나는 내 충동을 혐오하면서도 그에 따르지 않을 수 없었다.

하지만 그녀가 죽었을 때, 그래, 그때는 아무 감정이 없었다. 나는 내 안의 모든 감정을 몰아냈다. 나는 모든 고뇌를 억누르고 절망을 만끽했다. 그 후로 악은 나의 선이 되었다. 악을 수행하는 것이 내 정열이 되었다. 그리고 이제 모든 게 끝이 났다. 여기 내 마지막 희생자가 있으니!"

나는 처음에는 그가 괴로워하는 것을 보고 마음이 움직였습니다. 하지만 그가 대단히 설득력 있는 말을 할 줄 안다는 프랑켄슈타인의 이야기가 떠올랐습니다. 그리고 죽어버린 친구의 시신으로 눈길을 돌리자 다시 분노의 불길이 일었습니다.

"저주받은 괴물! 마치 자신이 불 지르고 파괴해버린 도시, 죽어가는 사람들을 바라보며 슬퍼하는 것 같은 꼴이

로군. 그를 애도하는 척하지 마라. 그가 살아 있었다면 복수심에 불타며 결국 그를 희생시킬 테지. 네놈이 느끼는 감정은 연민이 아니다. 네 악을 행할 희생자가 네놈 손아귀에서 벗어났기에 슬퍼하는 것이다."

그러자 그가 도중에 내 말을 끊었습니다.

"아니야, 절대로 그게 아니야. 물론 내가 한 행동만 보면 그렇게 오해할 수도 있을 것이다. 물론 당신이 내 불행을 공감해주길 바라며 하는 소리가 아니다. 나는 공감을 구할 대상이 아무도 없는 존재다. 아무리 큰 고통이라도 나는 혼자서 견디는 것으로 족하다. 내가 죽을 때조차 나는 철저히 혼자다. 아무도 나를 애도하지 않을 것이며, 나는 혐오와 치욕만을 남기게 될 것이다.

나는 한때 미덕과 영예, 기쁨을 꿈꾸었던 적도 있었다. 사람들이 내 추악한 외모에도 불구하고 나를 사랑할 수도 있으리라는 꿈을 꾼 적도 있었다. 그때는 명예와 헌신이라는 고상한 생각에서 내 삶의 자양분을 얻었다. 하지만 이제는 범죄를 저지르고 미천한 짐승만도 못한 존재로 전락했다. 그 어떤 잘못도, 그 어떤 악행도, 그 어떤 비열한 짓도 내가 저지른 짓에 비견할 수 없다. 또 그 어떤 불행도 내가 겪은 불행과는 비교할 수조차 없다. 내가 저지른 짓들을 되돌아보면 한때 숭고함과 초월과 선량함과 아름다움을 꿈꾸었던 나와 지금의 내가 같은 존재라는 것을 믿을 수 없을 정도다. 하지만 결국 그렇게 되고 말았다. 천사가 타락해서 악마가 된 셈이다. 그렇지만 신과 인간의 적인 악마조차 함께할 친구가 있다. 나만, 오로지 나만 철저히 혼자다.

프랑켄슈타인의 친구인 당신은 내 범죄와 내 불행에 대해 아는 것 같다. 하지만 내가 겪었던 불행의 시간들, 세월들에 대해 그가 당신에게 제대로 이야기해줄 수 있었을 리는 없다. 나는 내 욕망을 충족시켜본 적이 없다. 나는 사랑과 우정을 갈구했지만 거부당했다.

정말 부당하지 않은가? 나만 잘못을 저지른 것인가? 나를 몰아낸 펠릭스는 미워하지 않아도 되는가? 자기 아이를 구해준 은인을 죽이려 했던 시골 사람은 비난하지 않아도 되는가? 그런 옳지 못한 행동들을 생각하면 지금도 피가 끓어오른다.

내가 괴물이라는 건 사실이다. 나는 사랑스럽고 힘없는 사람들을 무참히 죽였다. 아무 죄 없는 이가 잠자는 사이에 그의 목을 졸랐고, 그 누구에게도 해를 끼치지 않은 사람의 목도 졸랐다. 사랑과 존경을 받아 마땅한 내 창조자를 파멸로 몰아넣었고 지금 이렇게 창백하게 누워 있게 만들었다. 당신은 나를 미워하겠지. 그러나 나를 향한 당신의 증오는 내가 나 스스로에 대해 느끼는 혐오감에 비한다면 아무것도 아니다.

내가 살아남아 다른 악행들을 저지르지나 않을까 겁내지 마라. 나는 이제 더 이상 잘못을 저지르지 않을 것이다. 이제 내가 할 일은 거의 다 끝났다. 당신, 또는 다른 그 어떤 사람의 죽음도 이제는 필요 없다. 오로지 나의 죽음만이 남았을 뿐이다. 나는 이 배에서 내린 뒤 얼음 뗏목을 타고 지구 최북단으로 갈 것이다. 나는 장작을 모아 불을 붙인 뒤 이 비참한 육신을 재가 되게 만들 것이다. 행여 나 같은 존재를 또 하나 만들어보겠다는 호기심을 그 누구에겐가 일깨울 수 있는, 그 어떤 흔적도 남기지 않을 것이다.

나는 곧 죽을 것이다. 나를 창조한 이가 죽었듯이 나도 죽을 것이다. 그리고 우리 둘에 대한 기억은 곧 지워질 것이다.

해와 별들, 내 뺨을 스치는 바람, 빛, 내 감정과 감각 모두 사라지겠지. 안녕, 나는 이제 떠나간다. 당신은 내 눈으로 바라보는 마지막 사람이겠지. 안녕, 프랑켄슈타인! 내가 죽는 것보다 살아 있는 게 당신의 복수심을 키우는 데는 도움이 될 수 있었겠지. 하지만 당신이 죽은 지금, 더는 그럴 필요가 없구나. 내 번뇌가 죽은 당신의 것보다 훨씬 크다. 나를 찌르는 날카로운 회한이 내가 죽을 때까지 나를 괴롭힐 테니.

그러나 나는 곧 죽을 것이다. 더 이상 아무것도 느끼지 않게 될 것이다. 장작더미의 불꽃과 함께 내 고통의 불길도 꺼질 것이고 바다가 내 재를 삼키리라. 내 영혼은 평화롭게 잠들 것이다. 혹시 내 영혼이 잠들지 않고 그 무언가 생각을 할 수 있게 되더라도, 지금 같지는 않으리라. 자, 이만 안녕!"

말을 마친 괴물은 선실 창문을 통해 훌쩍 뛰어나가더니 배 옆에 붙어 있던 얼음 뗏목에 올랐습니다. 그리고 곧 파도에 밀려 멀어지더니 저 광활한 어둠 속으로 아득히 사라져버렸습니다.

# 『프랑켄슈타인』을 찾아서

　'프랑켄슈타인' 하면 무시무시한 괴물의 모습을 떠올리는 사람이 많다. 하지만 프랑켄슈타인은 괴물이 아니다. 무시무시한 괴물을 만든 과학자 이름이다. 1931년 제임스 웨일이 만든 〈프랑켄슈타인〉이라는 영화 때문일 것이다. 괴물 역을 맡은 보리스 칼로프라는 단역 배우를 일약 스타로 만든 이 영화가 전 세계적으로 빅히트를 치면서 이 영화 제목에 괴물의 이미지가 덧붙여진 탓이다.

　하지만 어찌 보면 참으로 절묘한 일이 벌어진 것 같기도 하다. 프랑켄슈타인은 과학자다. 그러나 그는 고대 연금술사들의 꿈을 이어받은 과학자다. 연금술사들이 누구인가? 불멸을 꿈꾸었던 사람들이다. 바로 생사의 비밀을 풀려고 했던 사람들이다. 프랑켄슈타인은 그 꿈을 이루려 했던 과학자다.

　불멸을 꿈꾼다는 것은 무엇을 의미하는가? 스스로 창조주의 피조물이 되는 것으로 만족하지 않고, 창조자의 반열에 오르겠다는 것을 의미한다. 생명이 없는 것에 생명을 부여하겠다는 어마어마한 꿈을 꾼다는 것을 의미한다. 프랑켄슈타인은 그 꿈을 이룩한 과학자다.

　그렇다면 그는 위대한 과학자인가? 작품이 보여주듯이 결코 그렇지 않다. 프랑켄슈타인이 창조해낸 괴물은 그가 가장 아끼던 사람들을 하나씩 죽여버리고, 결국 자신을 창조한 사람을 파멸로 이끌며 죽음에 이르게 한다. 결국 프랑켄슈타인은 자신이 창조한 피조물을 반드시 없애달라는 말을 남기고 죽는다.

　죽어가면서 자신의 손으로 만든 피조물을 없애달라고 부탁한다는 것은 자신이 인류에게 큰 잘못을 저지르고 죽는다는 뜻이 아닌가? 자신이 만든 괴물보다 정작 더 무서운 괴물은 바로 자기 자신이라는 것을 인정하고 고백한 것이 아닌가? 그러니 괴물을 만든 과학자 프랑켄슈타인에게서 괴물의 모습을 떠올려도 별 이상할 것이 없다. 괴물을 만든 프랑켄슈타인과 그가 만든 괴물은 둘이면서 한 몸이다. 천재 작가 메리 셸리가 괴물에게 별도의 이름을 붙이지 않은 것은 그 때문일지도 모른다.

그는 죽어가면서 마지막으로 덧붙인다.

"이제 대장님께 제가 전에 드렸던 부탁을 다시 드립니다. 그가 대장님 앞에 나타난다면 그를 없애주십시오. 하지만 그때와는 동기가 다릅니다. 그때는 증오심과 복수심에서 부탁을 드렸다면 이번에는 이성과 미덕의 이름으로 부탁을 드립니다. ……이제 제가 사랑하는 사람들의 영혼이 저를 부르고 있습니다. 월턴 경, 안녕히 계십시오. ……겉보기에 과학은 아무 죄가 없어 보입니다. 하지만 과학이 품은 야심은 위험할 수도 있습니다."

과학이 품고 있는 야심이 왜 위험하다는 뜻일까? 과학의 한계를 알라는 뜻일까? 또는 과학이 그 한계를 넘어 결국 그 과학을 낳은 인간을 파멸시킬지도 모른다는 뜻일까? 물론 답은 간단하지 않다.

결론처럼 말하자. 아무 생각 없이 과학적 발견과 발전 자체에 몰두하며 열광하는 것은 위험하다. 과학적 발견이 지닌 엄청난 파괴력에 과학자 스스로 놀라는 일이 벌어질지 모른다. 원자폭탄의 원리를 발견한 과학자들이 정작 히로시마에 원자폭탄이 투하된 다음에야 자신들이 얼마나 엄청난 짓을 저질렀는지 알고 얼마나 경악했던가를 생각해보면 된다. 과학의 힘으로 생명체를 만들어놓고 스스로 그 생명체에 대해 공포를 느끼는 프랑켄슈타인의 모습은 원자폭탄에 대해 공포를 느끼던 물리학자들과 아주 비슷하다.

그렇다면 과학의 발전에 대해 공포를 느끼고 경계하는 것이 옳은 태도인가? 우리 모두 반과학운동이라도 벌여야 하는 것일까? 그렇지 않다. 그런다고 과학이 발전하지 않을 리도 없으며 애당초 과학의 발전이 공포를 느껴야 할 대상이 아니기 때문이다. 프랑켄슈타인이 만든 생명체는 애당초 괴물이 아니었다. 그가 괴물이 된 것은 사람들이 그를 괴물로 보고 무서워했기 때문이다. 물론 그 괴물은 기형이다. 괴물을 만든 프랑켄슈타인조차 두려움을 느낄 정도로 역겹게 생겼다. 하지만 사람들의 편견이 그 생명체에 투사되어 그를 괴물로 여기게 되었을 뿐이다. 그를 괴물로 만든 건 사람들의 편견이다.

얼마 전에 정말로 많은 사람들의 관심이 되었던 세계적 이벤트가 하나 있었다. 바로 인공지능(AI) 알파고와 이세돌의 바둑 대결이다. 바둑을 아는 사람들은, 인공지능이 아무리 발전해도 결코 바둑을 정복할 수는 없다고 생각했다. 사람들이 5,000년 동안 이루 헤아릴 수 없이 수많은 바둑을 두어왔지만 단 한판도 똑같은 판이 없었다. 그만큼 경우의 수가 무궁무진할뿐더러

바둑에는 단순히 계산만으로는 넘을 수 없는 고유의 영역이 있다는 게 일반적인 생각이었다. 당사자인 이세돌 9단은 물론이고 모든 사람들이 이세돌 9단의 5 대 0 완승을 예상했다.

그러나 결과는 정반대였다. 세 판을 내리 진 이세돌 9단이 4국을 승리했을 때 많은 사람들이 환호했다. 경기를 중계하던 한 방송 진행자는 감격해서 눈물을 흘리며 울먹였다. 고백하자면 나도 좀 감격했다.

그런데 가만 생각해보면, 그 눈물은 마치 잔인한 괴물을 물리친 영웅 앞에서 흘리는 눈물 비슷했다. 인간의 영역이 다 침범당하는 것 같은 두려움에, 겨우 인간의 존엄성을 지켰다는 감격으로 흘린 눈물 같은 것이었다. 그 눈물 앞에서, 인간이 만든 인공지능 알파고는 인간의 영역을 침범하는 괴물이 된다. 인간과 알파고는 서로 싸움을 벌이는 적이 된다. 인공지능 알파고 앞에서 인간이 느끼는 공포는 프랑켄슈타인이 자신이 만든 괴물 앞에서 느끼는 공포와 너무나 비슷하다.

물론 그 눈물의 의미는 그것만이 아닐 것이다. 이세돌 9단이 보여준 거의 초인적이라 할 만한 의지력에 감격해서 흘린 눈물이기도 할 것이다. 솔직히 인간과 알파고의 대결에서 인간을 응원하는 것이 당연한 일이기도 하다.

하지만 인공지능을 그런 대결 의식으로만 두렵게 바라보면 결국 인간이 인공지능에게 완전히 져버리는 날이 올지도 모른다. 『프랑켄슈타인』에 빗대어 말한다면 인간이 모두 괴물이 되어 괴물과 괴물의 대결에서 져버리는 날이 올지도 모른다.

『프랑켄슈타인』의 괴물은 여러 번 말한다. 자기는 애당초 선량함으로 충만해 있었으나, 자신의 선의를 받아들이지 않는 인간들 때문에 괴물이 되었다고. 자기는 단 한 명이라도 함께 공감할 존재가 필요한 외로운 존재라고.

자, 이제 우리의 상상력을 발휘하자. 인공지능을 애당초 선량함과 사랑에 충만한 존재로 생각하지 말고 그런 것들을 심어주어야 할 존재로 상상하자. 인간적 덕목을 이미 갖춘 존재로 생각하지 말고 인간적 덕목을 가르쳐주어야 할 존재로 생각하자. 사랑을 나누고 공감할 친구가 간절히 그리운 존재로 상상하자.

그러려면 어떻게 해야 할까? 우리가 인공지능이 필요로 하는 것을 가르칠 자격을 갖춘 존재가 되어야 한다. 우리 스스로 훌륭한 덕을 지녀야 남에게 가르칠 수도 있는 것 아닌가? 인공지능 앞에서 우리는 스스로에게 질문해야 한다. 어떻게 사는 게 착하게 사는 것일까? 진정으로 남을 사랑하려면 어떻게 해야 할까? 그래서 인공지능의 출현 앞에서 두려워할 것이 아니라 사랑으로 맞이해야 한다. 과학의 발전과 함께 우리의 덕성과 윤리가 함께 발전해야 한다. 그렇게 되면 과학은 차가운 기계의 모습으로 우리 앞에 나타나는 게 아니라 우리를 더 따뜻하게 만들어줄 동반자로 우리 앞에 나타날 것이다. 그래서 함께 좋은 세상을 만들려 힘쓰게 될 것이다.

한 마디만 더 하자. 과학자 프랑켄슈타인이 고통스러운 불행에 빠진 것은 그가 불멸을 꿈꾸었기 때문이 아니다. 인간에게는 누구나 불멸의 꿈이 있으며 그 꿈은 너무나도 소중한 꿈이다. 그 꿈 덕분에 종교도 있고 인간 사회의 궁극적 윤리도 존재할 수 있다. 과학도 그 꿈을 꿀 수 있다. 아니 과학 자체에 이미 그 꿈이 들어 있을 수 있다. 하지만 과학자 프랑켄슈타인은 그 꿈의 실현이 인류에게 가져올 결과를 성찰하지 않았기에 재앙을 불러왔다. 그리고 스스로 괴물이 되었다. 과학은 그렇게 양면적일 수 있음을 보여준 『프랑켄슈타인』 정말 대단한 작품이고, 메리 셸리, 정말 대단한 작가다.


메리 셸리는 삶의 행적부터 평범함과는 거리가 멀다. 우선 아버지는 유명한 급진 정치 평론가이자 유토피아 소설가인 윌리

엄 고드윈이었다. 그리고 어머니는 최초의 여권운동 이론서인
『여성의 권리 옹호』를 쓴 메리 울스턴크래프트였다. 두 사람은
열렬한 사랑에 빠져 4개월 만에 딸 메리를 임신했지만 어머니
메리 울스턴크래프트는 그녀를 낳은 지 열하루 만에 죽는다.

계모의 질시로 학교에도 가지 못한 메리는 아버지의 서재에
서 수없이 많은 장서들을 독파하며 지적 허기를 채운다. 그녀
는 열여섯 살이던 1814년에 스물두 살의 시인 퍼시 셸리(Percy
Shelly)와 함께 애정도피행각을 한다. 당시 셸리는 결혼한 상태
로서 결혼 생활에 대해 염증을 느끼고 있었다. 셸리도 시대를
앞선 히피라고 할 만한 사람이었지만 당시 시대 상황에 비추어
본다면 메리의 애정도피행각은 파격 이상이었다.

여러분은 제인 오스틴의 『오만과 편견』을 이미 읽었을 것이
다. 그 소설에서 알 수 있듯이 여성에게는 아무런 경제권이 없
었으며 심지어 재산 상속권도 없었다. 여성이 기대할 수 있는
것은 결혼을 통해 그저 아내가 되고 이어서 어머니가 되는 것
이 전부였던 시대다. 그런 시대에 기혼자와 도망을 간다는 것
은 그 사회로부터 완전히 추방되는 것을 의미했다.

영국을 떠나 프랑스로, 스위스로, 네덜란드로, 이탈리아로 온
갖 경제적 어려움을 이겨내며 떠돌아다니던 그들은 1816년 결

혼하고 스위스 제네바에 정착한다. 그때 이미 그녀는『프랑켄슈타인』집필 중이었다.

결혼 전에 그녀와 퍼시 셸리는 그곳에서 바이런 경 및 그의 애인 클레어, 저명한 의사인 폴리도르 박사와 자주 만나 지적인 대화를 많이 나누었다. 그때 메리 셸리와 폴리도르 박사, 바이런 세 명은 무서운 이야기를 하나씩 짓기로 약속하고 그 약속의 결과 폴리도르 박사는 브롬 스토커의『드라큘라』의 모델이 된『뱀파이어』를, 메리 셸리는『프랑켄슈타인』을 쓰게 된 것이다.

메리 셸리는 애당초 초자연적인 경이를 보여주는 소설을 쓰려고 했다. 사람들의 피를 얼어붙게 만들고 심장을 쿵쾅거리게 할 괴기 소설을 쓰고 싶었다. 그녀는 심사숙고한 끝에 자신에게도 무서운 이야기라야, 남들도 무서워하게 될 것이라고 생각했다. 그리하여 쓰게 된 것이 바로『프랑켄슈타인』이었다.

소설은 1년 만에 그녀가 18세 되던 해인 1816년 완성된다. 처음 두 번은 출판사에서 거절을 당했지만 1818년 세 번째 접촉한 출판사에서 출간을 하게 된다. 처음에는 익명으로 출간했으며 큰 성공을 거두게 되었고, 지금까지도 세계적인 명성을 지닌 작품이 되었다.

그녀는 다섯 명의 자녀를 낳았으나 그중 넷이 일찍 사망하는 불운을 겪었고, 1822년 남편마저 익사하자 자책감으로 우울증에 시달렸다. 1826년 퍼시 셸리의 초상이라 할 수 있는 소설 『마지막 남자』를 출간했고, 여러 남성 작가들의 구애를 받았지만 아버지와 아들을 돌보며 독신생활을 고수했다. 이후 『로도어』『포크너』등 여러 소설과 여행기를 출간했다. 1848년 발병한 뇌종양으로 인해 1851년 53세의 나이로 부모와 함께 묻어달라는 유언을 남기고 사망했다.

『프랑켄슈타인』은 그녀가 죽은 후 하나의 신화가 되었다. 그녀의 소설을 바탕으로 수많은 영화들이 만들어졌으며 아이작 아시모프의 『아이, 로봇』카렐 차페크의 『R. U. R.』등 과학소설은 물론, 〈블레이드 러너〉〈터미네이터〉등 널리 알려진 과학영화에 지대한 영향을 미쳤다. 모두 과학에 열광하던 19세기에 과학의 발전에 대한 진지한 질문을 던진 『프랑켄슈타인』, 지금 우리에게 가장 절실한 그런 질문을 던진 『프랑켄슈타인』은 진정한 의미에서 하나의 신화라 할 수 있을 것이다.

# 프랑켄슈타인

생각하는 힘: 진형준 교수의 세계문학컬렉션 24

| 펴낸날 | 초판 1쇄  2018년  2월  1일 |
|---|---|
| | 초판 4쇄  2023년  5월 22일 |

| 지은이 | 메리 셸리 |
|---|---|
| 옮긴이 | 진형준 |
| 펴낸이 | 심만수 |
| 펴낸곳 | (주)살림출판사 |
| 출판등록 | 1989년 11월 1일 제9-210호 |

| 주소 | 경기도 파주시 광인사길 30 |
|---|---|
| 전화 | 031-955-1350    팩스  031-624-1356 |
| 홈페이지 | http://www.sallimbooks.com |
| 이메일 | book@sallimbooks.com |

| ISBN | 978-89-522-3820-7  04800 |
|---|---|
| | 978-89-522-3984-6  04800 (세트) |